हिन्द पॉकेट बुक्स

भारतीय संस्कृति कुछ विचार

डॉ० सर्वेपल्लि राधाकृष्णन् भारत के प्रथम उप-राष्ट्रपति (1952–1962) और द्वितीय राष्ट्रपति रहे। वे भारतीय संस्कृति के संवाहक, प्रख्यात शिक्षाविद, महान दार्शनिक, एक महान लेखक और एक आस्थावान हिन्दू विचारक थे। उनके इन्हीं गुणों के कारण सन् 1954 में भारत सरकार ने उन्हें सर्वोच्च सम्मान भारत रत्न से अलंकृत किया था। उनका जन्मदिन (5 सितम्बर) भारत में शिक्षक दिवस के रूप में मनाया जाता है।

भारतीय संस्कृति
कुछ विचार

डॉ० सर्वेपल्लि राधाकृष्णन्

हिन्द पॉकेट बुक्स
पेंगुइन रैंडम हाउस इम्प्रिंट

हिन्द पॉकेट बुक्स

यूएसए | कनाडा | यूके | आयरलैंड | ऑस्ट्रेलिया | सिंगापुर
न्यू ज़ीलैंड | भारत | दक्षिण अफ़्रीका | चीन

हिन्द पॉकेट बुक्स, पेंगुइन रैंडम हाउस ग्रुप ऑफ़ कम्पनीज़ का हिस्सा है, जिसका पता global.penguinrandomhouse.com पर मिलेगा

पेंगुइन रैंडम हाउस इंडिया प्रा. लि.,
चौथी मंजिल, कैपिटल टावर -1, एम जी रोड,
गुड़गांव 122 002, हरियाणा, भारत

पेंगुइन
रैंडम हाउस
इंडिया

प्रथम संस्करण हिन्द पॉकेट बुक्स द्वारा 1978 में प्रकाशित
यह संस्करण हिन्द पॉकेट बुक्स में पेंगुइन रैंडम हाउस द्वारा 2022 में प्रकाशित

10 9 8 7 6 5 4 3 2

ISBN 9789353492182

मुद्रकः रेप्रो इंडिया लिमिटेड

www.penguin.co.in

MIX
Paper from responsible sources
FSC® C047271
FSC www.fsc.org

This is a legitimate digitally printed version of the book and therefore might not have certain extra finishing on the cover.

आमुख

मानव-मन में सभ्य और विकसित के साथ ही आदिम, पुरातन एवं शिशु भी उपस्थित रहता है। हमारे अन्दर जो जड़ता और बुराई है, उसके विरुद्ध हमें संघर्ष जारी रखना चाहिए। हमारे समस्त शत्रु हमारे अन्दर ही हैं। जो वृत्तियां हमें चरित्र-भ्रष्टता के लिए बहकाती हैं, जो आग हमारे अन्दर जलती है, वह सब अज्ञान एवं त्रुटि के उस अन्तःक्षेत्र से ही उठती हैं, जिसमें हम रहते हैं। मानव की महिमा इस बात में नहीं है कि वह कभी गिरे नहीं, बल्कि इस बात में है कि हर बार वह गिरने पर उठ खड़ा हो।

आत्मविजय लालसा से शान्ति तक पहुंचने का ही मार्ग है। पाप करने एवं उसके भोगने के जीवन की अपेक्षा एक महत्तर जीवन है। किसी मनुष्य की साधुता की मात्रा का परीक्षण इस बात से होता है कि वह किस सीमा तक अपनी प्रकृति की दुर्बलताओं पर प्रभुत्व पाने में समर्थ हुआ है। धर्म जीवन से बाहर ले जाने का मार्ग नहीं है, अपितु जीवन की ओर ले जाने वाला मार्ग है।

सभी धर्मों में जीवन पर बल देने वाले एवं जीवन का निषेध करने वाले कर्मों का परस्पर-संघर्ष है। इन दो मनोवेगों की अन्तःक्रिया ने बारंबार भारतीय चिन्तन-धारा को नूतन रूप दिया है और अविश्रान्त आध्यात्मिक अन्वेषण में भारत को अग्रसर किया है।

—**राधाकृष्णन्**

क्रम

1

वर्तमान धर्म-संकट

यह कहना कि मानव-जाति आज इतिहास के एक महत्तम संकट के बीच से गुज़र रही है, एक सामान्य सत्य है। हमारी यह संकटापन्न स्थिति मानवात्मा के साथ विज्ञान और प्रौद्योगिकी की आश्चर्यजनक गति का समञ्जन न होने के कारण उत्पन्न हुई है। इस तथ्य के होते हुए भी कि महान वैज्ञानिक आविष्कारों ने हमें प्रकृति की दासता से मुक्त कर दिया है, हम एक प्रकार के मनोरोग से, एक प्रकार के सांस्कृतिक विघटन से पीड़ित दिखाई पड़ते हैं। विज्ञान ने हमें पीसती हुई गरीबी के पंजे से छुड़ा दिया है, और शारीरिक वेदना के उत्पीड़नों का शमन कर दिया है। फिर भी हम एक प्रकार के आन्तरिक एकाकीपन से पीड़ित हैं। समस्त विकास वेदना से आलोड़ित होता है; सम्पूर्ण संक्रमण दुःखान्तिका का क्षेत्र है। परन्तु यदि हमें जीवित रहना है, तो आज जिस संक्रमण को क्रियान्वित करना है, वह एक ऐसी नैतिक एवं आध्यात्मिक क्रान्ति है, जिसकी गोद में सम्पूर्ण विश्व आ जाता है।

हमने मानव-जाति के इतिहास में दूसरी क्रान्तियां भी देखी हैं—जब कि हमने आग जलाने की विधि का आविष्कार किया, जब हमने पहिये का अन्वेषण किया, जब हमने वाष्प का प्रयोग किया, जब हमने विद्युत् का आविष्कार किया। किन्तु आणविक ऊर्जा के विकास के कारण हुई वर्तमान क्रान्ति की तुलना में ये सब अपेक्षाकृत महत्त्वहीन हो गई हैं। आणविक ऊर्जा के आविष्कार ने न केवल मानवीय प्रगति की महती सम्भावनाओं को उपस्थित कर दिया है अपितु अव्यवहित एवं सम्पूर्ण विध्वंस के खतरे को भी सामने ला दिया है। यह पर्वतों को हिला सकती है; सुरंगें खोद सकती है; बन्दरगाहों का निर्माण कर सकती है; खाद्योत्पादन में वृद्धि कर सकती है; संसार के सम्पन्न एवं भूखे लोगों के बीच की खाई को पाट सकती है और कुछ ऐसे प्रमुख कारणों को भी दूर कर सकती है, जिनको लेकर अब तक युद्ध होते रहे हैं; या फिर यह विश्व की मानव-जातियों को मृत्यु और विनाश दे सकती है। आधुनिक विज्ञान ने मनुष्य की बुराई करने तथा बुराई रोकने—दोनों प्रकार की शक्तियों को बढ़ा दिया है। मानवता के सामने आज नियति की चुनौती उपस्थित है। हम इस चुनौती का सामना कर सकते हैं और एक ऐसी अन्तर्राष्ट्रीय व्यवस्था का निर्माण कर सकते हैं, जिसमें सार्वदेशिक सत्ता द्वारा प्रचारित कानून के शासन में समस्त सम्बद्ध राज्यों को विकास की स्वतन्त्रता प्राप्त हो, या फिर यह हो सकता है कि जो महती शक्ति हमारे हाथ में है वह दो महती शक्तियों के नेतृत्व में बने, दो शस्त्रसज्जित दलों के द्वन्द्व में हम सबको ही विनष्ट कर दे।

शीत युद्ध का मूल कारण अधिकृत क्षेत्रों का लोभ नहीं, एक-दूसरे के

प्रति भय एवं घृणा है। जब तक ये बने रहेंगे, नौसन्तरण की ज़रा-सी भूल से, राडार-प्रणाली पर एक गलत छाया दिखाई पड़ने के कारण, एक क्लान्त वैमानिक एक बीमार अफसर या किसी दूसरी घटना के कारण, युद्ध छिड़ जा सकता है। राष्ट्रों के एक परिवार के रूप में रहकर, शान्ति एवं स्वतन्त्रता के बीच, एक-दूसरे के साथ सहयोग करने के मानवता के लक्ष्य तथा इस वर्तमान प्रणाली के बीच—जिसने हमें विश्व-युद्ध दिए हैं, यान्त्रिक समाज की ओर सार्वभौम प्रगति दी है और युयुत्सु भौतिकवाद दिया है—एक संघर्ष है। भविष्य अन्तर्राष्ट्रीय सम्बन्धों के प्रति हमारी वृत्तियों में तीव्र परिवर्तन की मांग कर रहा है। यद्यपि हम समझते हैं कि अन्तर्राष्ट्रीय झगड़ों के निबटारे के लिए सैनिक समाधान के विचार का त्याग करना आवश्यक है और मानव-जाति के कल्याण के निमित्त हमें अपनी राष्ट्रीय निष्ठाओं पर अंकुश रखने की आवश्यकता है, फिर भी हमारे राजनीतिक नेता वही पुरानी दुरभिसन्धियों एवं धमकियों, सौदेबाज़ी और छल-छद्म को जारी रखे हुए हैं, मानो धनुष-बाण, तोप-तलवार के जीर्ण अस्त्र-शस्त्र अब भी विजयी होंगे।

सत्ता की जो राजनीति अन्तर्शासकीय सम्बन्धों की पारम्परिक प्रणाली का ध्रुव-सिद्धान्त रही है, अब भी चल रही है, यद्यपि उसने नाना प्रकार के छद्मवेश बना लिए हैं। आणविक युग में सत्ता की राजनीति का तार्किक परिणाम जागतिक आधिपत्य नहीं, वरन् जागतिक नर-संहार होगा। एक व्यापक आणविक समर का अर्थ है किसी राष्ट्र या राष्ट्र-समूह की नहीं, वरन् मरण एवं अन्धकार की विजय होना। यदि समर न भी हो तो स्वयं आणविक परीक्षण ही मानव-कल्याण के विनाशक हैं। हमारे कुकृत्य ही मानव के सम्पूर्ण भविष्य को नष्ट कर देंगे। हमको यह स्वीकार करना ही होगा कि हम सैनिक पथ के अन्तिम बिन्दु पर आ पहुंचे हैं। जब काल्विन ने सर्वीतस को जलाया था तब कास्टेलो ने कहा था—"किसी आदमी को जलाना धर्म का रक्षण नहीं, बल्कि मनुष्य की हत्या है।" अणुबमों से पुरुषों, स्त्रियों और शिशुओं को जलाना, किसी राष्ट्र की सुरक्षा नहीं वरन् पुरुषों, स्त्रियों और शिशुओं की हत्या है। हम अपने चतुर्दिक् के शत्रुओं से अपनी सुरक्षा के लिए शस्त्रों का निर्माण कर रहे हैं किन्तु शत्रु तो हमारे ही अन्दर हैं।

राष्ट्रवाद अब भी एक बड़ी ताकत है। उच्छेदक आयामों वाले विश्व-युद्ध के बाद राष्ट्र-संघ (लीग आफ नेशंस) का जन्म हुआ। जब तोपें पुनः दहाड़ने लगीं तो संघ समाप्त हो गया। जब द्वितीय विश्व-युद्ध के पश्चात् विजय हुई तो संयुक्त राष्ट्र के चार्टर (शासन पत्र) पर हस्ताक्षर हुए। अभी तक वह जीवित सत्य नहीं बन पाया है। संयुक्त राष्ट्र की बैठकों में भी राष्ट्रीय प्रतिस्पर्धाएं चलती हैं। यद्यपि वह अपने सिद्धान्त-समूह एवं मूल्य-व्यवस्था द्वारा, समस्त मानवता की शक्तियों एवं हितों के अनुकूल, एक स्वतन्त्र एवं शान्तिमय विश्व-लोकसमाज के निर्माण के लिए प्रयत्नशील है, उसके कार्य में संघर्षशील सत्ता-समूहों द्वारा बाधा पड़ती है। सदियों से कोटि-कोटि मानवों का पथ-दर्शन

इस नारे से होता रहा है—'हमारा देश, सही हो या गलत।' जो लोग राष्ट्र-संघ संस्थान का निरीक्षण करते हैं और राष्ट्रीय भाव-प्रवणता और शस्त्रीकरण की दौड़ पर ध्यान देते हैं वे गम्भीर रूप से निराश हो जाते हैं और अनुभव करते हैं कि हमारी सभ्यता गर्त के कगार पर खड़ी है। वे कहते हैं कि इस विचार में कुछ भी असाधारणता नहीं है कि कला एवं विज्ञान, साहित्य एवं दर्शन-सम्बन्धी अपनी सम्पूर्ण आश्चर्यजनक उपलब्धियों के साथ भी, हमारी सभ्यता उसी प्रकार विलुप्त हो जायगी जिस प्रकार कि अतीत में और भी कितनी ही सभ्यताएं नष्ट हो गई हैं। एक्माइरोसिस के विरागवादी (स्टोइक)[1] सिद्धान्त में कहा गया है कि 'संसार अग्नि से नष्ट हो जायगा, स्लेट पुंछकर साफ-सुथरी हो जाएगी और एक नवीन आरम्भ होगा।' अनेक प्रमुख धर्मशास्त्री हमें विश्व की समाप्ति-सम्बन्धी धर्मशास्त्रीय विवरणों की याद दिलाते रहते हैं और कहते हैं कि यह भगवद्-इच्छा के ही अन्तर्गत है कि मानव-जाति समाप्त हो जाए।

दुर्भाग्यवश जो लोग वैज्ञानिकमना हैं वे भी मानवीय घटनाओं की अनिवार्यता की बात करते हैं। हमें विश्वास कराया जाता है कि आर्थिक एवं राजनीतिक शक्तियों का दबाव संसार को ऐसी तबाही की ओर ले जा रहा है जैसी कि यूनानी दुःखान्तिका में निर्मम नियति द्वारा सम्पन्न होती है। इतिहास की धारा कारणों एवं परिणामों की एक ऐसी शृंखला है जिसमें मानव अनुन्मोचनीय रूप से जकड़ा हुआ है। मानव सम्पूर्णतः इतिहास की दया पर निर्भर है। मानव की आशाओं, भयों और अपेक्षाओं का भविष्य पर कोई प्रभाव नहीं। कहा जाता है कि हम अपने से अधिक बलवती शक्तियों की पकड़ में हैं। हमें बताया गया है कि बड़े-बड़े मामलों में घटनाओं के भीतर उनके मन में, उससे कहीं अधिक होता है जितना उनके अभिनेताओं के मन में होता है। सामूहिक वातोन्माद (हिस्टीरिया) कोटि-कोटि मानवों के जीवन को विनष्ट कर देता है। प्रकृतिवाद की नई धारा मानव-प्राणियों को साहस और पहल की ओर प्रेरित नहीं करती।

पौराणिक नियतिवाद (थियौलाजिकल डिटरमिनिज़्म) व्यक्ति से उसकी अपनी महत्ता, विशेषता, छीन लेता है। ईश्वर ब्रह्माण्डीय गतिविधि को अपनी योजना द्वारा ही उसके गन्तव्य तक पहुंचाता है। पुस्तक के अन्तिम पृष्ठ पहिले से ही उसके प्रथम पृष्ठों में निहित हैं।

परन्तु जहां सर्वनाश के पैगम्बर मौजूद हैं, वहां आशा के प्रवक्ता भी हैं, यद्यपि वे निराशा के गर्त पर ही आशा का महल बनाते हैं। वे कहते हैं कि हम अपने अन्तःकरण की खोज करके उसमें से इस अणुयुग में अपनी नैतिक ज़िम्मेदारियों का पता लगा लें। कवियों, दार्शनिकों और पैगम्बरों में मानवीय एकता और सनातन शान्ति की बाध्यकारी दृष्टि मिलती है। राजनीतिक नेताओं ने

1. 308 ई० पूर्व एथेंस में ज़ीनो द्वारा स्थापित एक सम्प्रदाय के दार्शनिक।

भी इसे प्रमाणित किया है। टॉम पेन ने घोषित किया है—"विश्व ही मेरा देश है।"

आधुनिक मानव की दुविधा यह है कि यद्यपि वह जीवन से निराश है, किन्तु मरना नहीं चाहता। जीवित रहने की यह मूलवृत्ति हमें आशा देती है। जिस शत्रु से हमें लड़ना है, वह पूंजीवाद अथवा साम्यवाद नहीं है, वह हमारी अपनी ही बुराई है, हमारी आध्यात्मिक अन्धता, सत्ता के प्रति हमारी आसक्ति और प्रभुत्व के लिए हमारी वासना है। 1945 ई० में एक निराशावादी नृतत्त्वविज्ञानी ने कहा था कि बन्दर के हाथ में अणुबम जैसा अस्त्र देना सभ्यता के विनाश की गारण्टी करना है। यदि हम अणु-युग की अविश्वसनीय यथार्थता के साथ अपना समञ्जन नहीं करते, यदि हम अपनी पुरानी आदतों में सुधार नहीं करते, यदि हम अपनी संस्थाओं को फिर से निर्मित नहीं करते तो हम विलुप्त हो जाएंगे।

हम जानते हैं कि हमें अन्तर्राष्ट्रीय सम्बन्धों की एक नई बानगी के लिए प्रयत्न करना चाहिए, किन्तु जीवन के पारम्परिक मार्गों के दबाव और खींचतान के कारण हम यन्त्रशिथिल हो जाते हैं। यदि भविष्य की रक्षा करनी है तो हमें अपने को गूढ़ विश्वासों की इस निद्रा से धकेलकर निकालना होगा। प्राचीन परम्पराओं तथा नवागत समाज-वैशिष्ट्य में संघर्ष है। समस्त जीवन ही पुरातन और नूतन के बीच सनातन द्वन्द्व है। नायक बनी हुई वस्तुओं का नहीं, वरन् बनती हुई वस्तुओं का योद्धा है। जिस राक्षस को मारना है वह यथातथ्य का राक्षस है। शत्रु सत्ता के स्थान पर है; वही ज़ालिम है, जो अपनी शक्ति और सत्ता का अपने हित में उपयोग करता है।

प्राकृतिक आत्महत्या के अनेक मार्ग हैं किन्तु मानव के जीवित बच रहने का एक ही रास्ता है। यह है निष्ठा का, श्रद्धा का, धर्म का मार्ग जो हमें आने वाली वस्तुओं के लिए शक्तिमती आशा से प्रेरित करता है। मानवीय विषयों में कोई नितान्त कारणत्व नहीं हुआ करता।

संघर्ष है चेतन अभिप्राय एवं अचेतन मनोवेग के बीच। मनुष्य भलाई-बुराई का, ज्ञान एवं मूढ़ता का मिश्रण है। हमें स्वयं अपने से, दुर्बलता से, अपनी प्रकृति में निहित भ्रष्टता से अपनी रक्षा करनी है। यदि विश्व पतित मानव का घर है, जहां विवेक का राज्य होना चाहिए किन्तु राज्य है वस्तुतः अविवेक का। 'जिस जानवर पर मैं सवार था, उसके अतिरिक्त और कोई जानवर मेरे साथ नहीं था।'[1] अपने प्रयत्न से ही हम अपने अन्दर के द्वन्द्व को मिटा सकते हैं और अपने जीवन से घृणापूर्ण संवेगों को नष्ट कर सकते हैं तथा प्रेम और भाईचारे की भावना बढ़ा सकते हैं। हमें उन राक्षसों से एकान्त में लड़ना ही होगा जो हमारी प्रगति का विरोध करते हैं—खुद अपने ही बनाए हुए राक्षसों से। एक ऐसी नैतिक ऊर्जा की नवीन उपलब्धि की तीव्र आवश्यकता है जो समाज को एक

1. नेहेमिया 11-12।

नये ढांचे में ढालने में सहायक हो।

जो अनुशासन हमें बदलने में सहायता करता है, वही धर्म है। छिछला तर्कनावाद कह सकता है कि विचार को ग्रहण कर हम संसार को उसकी बुराइयों से मुक्त कर सकते हैं, सामान्य जीवन के अन्याय एवं दुःखान्त दृश्यों को दूर कर सकते हैं। किन्तु मानवीय सम्मान के नाम पर होने वाली नैतिक एवं आध्यात्मिक क्रान्ति ही, मानव को आर्थिक उत्पादन, प्रौद्योगिकीय संघटन, जातिगत भेदभाव तथा राष्ट्रीय अहंभाव की मूर्तियों के ऊपर प्रस्थापित कर सकती है।

धर्म जीवन के लिए अनावश्यक, असंगत नहीं है। वह एक ऐसी पीढ़ी को पथ-दर्शन एवं सहायता दे सकता है जो सन्तोष प्राप्त करने में अपनी असफलता पर परेशान है और इस समय प्रकाश के लिए भटक रही है। ईश्वर में जीवन्त निष्ठा ही मानव को नैराश्य की इस पक्षाघातकारिणी भावना से उबरने और अपेक्षाकृत कम अपूर्ण समाज का निर्माण करने में समर्थ हो सकती है।

किन्तु लोगों के मन पर धर्म का प्रभाव घटता जा रहा है। कुछ समय पूर्व 'टाइम' नाम की पत्रिका ने 18 से 29 वर्ष की आयु के 2000 तरुण मानवों के बीच एक सर्वेक्षण किया था। इनमें से 19 प्रतिशत का कथन था कि 'वे बाइबिल में विश्वास रखते हैं'; 77 प्रतिशत ने स्वीकार किया कि उन्होंने उसे कभी नहीं पढ़ा। जो कुछ संयुक्त राज्य (अमेरिका) के लिए सत्य है, वही, न्यूनाधिक मात्रा में, दूसरे राष्ट्रों के लोगों के लिए भी सत्य है।

सार्वदेशिक बनते जा रहे विज्ञान एवं प्रौद्योगिकी के प्रभाव-तले धर्म मसीहाई भौतिकवाद में बदलता जा रहा है। जो लोग इस बात को नहीं मानते, वे भी किसी धर्म की आवश्यकता का अनुभव नहीं करते। विराट अज्ञात, जो ईश्वर के रहस्य को छिपाए हुए था, अब ज्ञात होता जा रहा है। ज्यों-ज्यों प्रकृति पर से हमारी निर्भरता कम होती जाती है, धर्मनिष्ठा की आवश्यकता कम होती जाती है। फिर अभ्रान्त धर्म एवं सिद्धान्त मनुष्य के मस्तिष्क की बेड़ियां बन जाते हैं और धार्मिक शोध की गति में बाधक होते हैं।

नवीन समाज-व्यवस्था विभिन्न सामाजिक आवश्यकताओं पर ज़ोर देती है। धर्मों का कहना चाहे जो हो, उन्होंने कल्पना किए जा सकने वाले सब प्रकार के अपराधों को क्षमा प्रदान की है, बल्कि उन्हें स्वयं भी किया-कराया है। धार्मिक जीवन और नैतिक अन्याय दोनों साथ-साथ नहीं चल सकते।

धर्म की अपवर्जक, अरोहिष्णु प्रकृति की परणति उत्पीड़न एवं नास्तिक-उच्छेदन और धार्मिक युद्धों में होती है। यह विभिन्न धर्मों के अनुयायियों के बीच विद्वेष, घृणा तथा अनुदारता को खुला खेलने के लिए छोड़ देती है। जो सर्व-अलंघ्य है उसकी अवधारणा के मार्ग में वैभिन्य होने के कारण एक-दूसरे की हत्या करने की आवश्यकता नहीं है।

धार्मिक विश्वास के ह्रास के मुख्य कारण निम्नलिखित बातों में खोजे जा सकते हैं—विज्ञान द्वारा बढ़ाई हुई संशयवृत्ति, सामाजिक समस्याओं को लेकर

धार्मिक वृत्ति की होने वाली निंदा, तथा धर्म अपवर्जक, असहिष्णु प्रकृति, जो आने वाले विश्व-ऐक्य की विरोधिनी है। या तो धर्म अपने को दृढ़तर नींव पर खड़ा करे या फिर आज की गम्भीरतम एवं महत्तम मानवीय आवश्यकता के सामने अपनी अपर्याप्तता स्वीकार करे। हम भीति एवं आशंका की मनोरचनाओं अथवा नैराश्य एवं अनस्तित्व की दार्शनिक विचारधाराओं से संतुष्ट नहीं हो सकते। धर्मों को अपने अविवेक, प्रतिक्रियावादी सामाजिक प्रकृति तथा प्रान्तीयता से मुक्त होने की आवश्यकता है।

बहुत-से लोगों के लिए ऐसे विश्वास को ग्रहण कर लेना सम्भव नहीं होता जो तर्कसम्मत न हो। स्वतन्त्र अनुसन्धान की वृत्ति के बीच ही वैज्ञानिक विचार प्रगति करते हैं। और स्वतन्त्र अनुसन्धान की यह वृत्ति आधिदैविक मतवादी धर्मों की नींव को हिला देती है। इसने कोटि-कोटि ऐसे प्राणियों के लिए धर्म को अप्राकृतिक-अस्वाभाविक बना दिया है जिनके पुरखों के लिए वह एक समय स्वाभाविक था। निष्क्रिय धर्म-निष्ठा का स्थान अब आलोचनापरक पूछताछ ने ले लिया है।

विज्ञान के प्रभाव से प्रत्यक्षवाद का एक सिद्धान्त चल निकला है, जो दर्शन और धर्म को निरर्थक कहकर हटा देता है। तार्किक प्रत्यक्षवाद का मत है कि एक प्रमेय या प्रस्थापना केवल तभी सार्थक है जब वह प्रमाणित की जा सके। यह प्रश्न कि क्या ईश्वर की स्थिति है, पर्यवेक्षण द्वारा प्रमाणित नहीं किया जा सकता। प्रमाणीकरण का सिद्धान्त ही स्वयंसिद्धि से बहुत दूर है। निस्सन्देह वह आत्म-विरोधी है क्योंकि कोई ऐसा साधन नहीं है जिससे उसे स्वयं भी पर्यवेक्षण द्वारा प्रभावित किया जा सके।

जब मनुष्यों को विमर्श द्वारा, गहन चिन्तन द्वारा अपने अस्तित्व की चेतना का बोध होता है तब हमें दर्शन की उपलब्धि होती है। हममें से प्रत्येक के पास एक सत् या असत् दर्शन होता है। जहां भी मूल्य के स्तर अथवा समीक्षा के मान-दण्ड का प्रयोग हो, समझिए कि वहीं दर्शन है। वे लोग भी जो दर्शन को फालतू या निरर्थक समझते हैं, वैसा दार्शनिक रंग के फलस्वरूप ही करते हैं।

जब लोग संसार की दार्शनिक व्याख्या करने का प्रयत्न करते हैं तो वे भौतिकवाद की ओर आकर्षित होते हैं। बर्ट्रेण्ड रसेल ने हमें बताया है कि प्रारम्भिक दिनों में स्वर्गीय प्रोफेसर जी० ई० मूर ने एक निबन्ध लिखा था जिसकी शुरुआत इस प्रकार हुई थी : 'आरम्भ में पदार्थ ही था; पदार्थ से शैतान का जन्म हुआ और शैतान ने ईश्वर को जन्म दिया।' ब्रह्माण्ड के इतिहास की रूपरेखा बताने के बाद निबन्ध इस रूप में समाप्त हुआ था : 'और ईश्वर मर गया; उसके बाद शैतान मरा और पदार्थ फिर शेष रह गया।' 'आवर्त ही राजा है, जिसने ज़ियस (ग्रीक पुराण का इन्द्र) को निकाल बाहर किया।'

ब्रह्माणड की प्रक्रिया के वैज्ञानिक अध्ययन से हमारे आगे जगत् के हृदय का एक रहस्य उद्घाटित होता है। रॉयल सोसाइटी के आरम्भिक दिनों में उससे

सम्बद्ध लोगों का विश्वास था कि 'गगन-मण्डल ईश्वर की महिमा की घोषणा करता है।' जान वील ने उस 'नियमानुकूल एवं धार्मिक आनन्द' के विषय में लिखा, 'जो हमारे इस दृश्यमान जगत् के आश्चर्यजनक एवं अद्‌भुत ढांचे का दर्शन कर प्राप्त होता है।' इसाक न्यूटन के लिए अन्तरिक्ष एक ईश्वरीय चमत्कार था।

महान स्रष्टा की इस 'चमत्कारपूर्ण रचना' ने ओल्डेनबर्ग को विस्मयविमूढ़ कर दिया था। महान प्रकृतिवादी जॉन रे ने अपनी पुस्तक का नाम रक्खा 'सृष्टि-कार्य में व्यक्त ईश्वर की प्रज्ञा।'

धर्मनिष्ठा तर्क-बुद्धि से सम्बद्ध होनी चाहिए। तर्कबुद्धि और धर्म में कोई संघर्ष नहीं हो सकता। मूढ़ाग्रह के प्रतिकूल धर्मनिष्ठा (फेथ) बुद्धि-विरुद्ध नहीं हो सकती, और न तो तर्क-बुद्धि ही धर्मनिष्ठा से सर्वथा रहित हो सकती है। विज्ञान, दर्शन और धर्म सत्य को प्रकाशित करने का यत्न करते हैं जो अन्तिम रूप में एक एवं सर्वग्राही है। हम एक ही भूमि को आच्छादित करने वाले विभिन्न सत्यों को नहीं पा सकते। धर्म जीवन के प्रति मानव की सम्पूर्ण चेतनवृत्ति का द्योतक है, क्योंकि यह बौद्धिक चैतन्य तथा ज्ञान से ही प्राप्त एवं प्रकाशित होता है। धर्मनिष्ठा की आधार-सामग्री का उस स्वाभाविक ज्ञान से सामञ्जस्य होना ही चाहिए जो मनुष्य अपने एवं संसार के विषय में रखता है। धार्मिक दृष्टि का संसार एवं मनुष्य के उस चित्र से सामञ्जस्य होना ही चाहिए जो आज आधुनिक विज्ञान हमारे सामने प्रस्तुत करता है। उपनिषद् का वचन है—'अहं वृक्षस्य रेरिवा'—मैं ही वृक्ष को गति देने वाला हूं।

जितनी भी महती वैज्ञानिक उपलब्धियां हैं वे सब मानव की जीवन्त प्रेरणा—आत्मा—के कार्य हैं। ब्रह्मांड-रहस्य भी मानव का अन्तर्जीव ही है। मुक्त मानव-व्यक्ति का उसके लिए एक सामाजिक पक्ष भी है किन्तु जब तक वह मानव प्राणी बना रहता है तब तक उसके हृदय में एक ऐसी निर्दोषता बनी रहती है जिसकी कोई व्याख्या नहीं की जा सकती। हमारे अन्दर जो आत्मपरक (सब्जेक्टिव) है वही हमें व्यक्तिगत स्वातंत्र्य एवं उत्तरदायित्व के योग्य बनाता है। हमें अपने को मुक्त करने के लिए अपनी इस अन्तिम शक्ति को फिर से दृढ़तापूर्वक ग्रहण करना चाहिए। हम सब सम्पूर्णतः आवश्यकता के गुलाम नहीं हैं। कांट का अनुभवातीत मुक्ति का सिद्धान्त एक ऐसी पूर्णतः स्वतंत्र आत्मा को स्वीकार करता है जो ज्ञेय मन द्वारा प्रक्षेपित दैवात् सम्बद्ध प्रत्यक्ष के बाहर किसी क्षेत्र में स्थित है। यदि हम इसे अनुभव करते हैं कि हम केवल पदार्थ नहीं हैं, जीवात्मा भी हैं तो प्रत्येक दिन हमें एक नया अवसर देता है—एक नया जीवन, यहां तक कि एक नई व्यवस्था या नया समाज भी लाता दिखाई पड़ता है।

ईश्वर केवल संसारातीत ही नहीं है वरन् उसमें व्याप्त भी है। कबीर ने अपने एक भजन में ईश्वर को यह कहते हुए बताया है :

'ओ मेरे सेवक, तू मुझे कहां खोजता फिरता है?
मैं तो तेरे पास हूं।
मैं न तो मन्दिर में हूं, न मस्जिद में,
न तो मैं पूजा और नमाज़ में हूं
यदि तू सच्चा खोजी है,
तो मुझे तुरन्त देख सकता है।'

कबीर यह भी कह सकते हैं कि 'ईश्वर सम्पूर्ण श्वास के श्वास हैं।'

हमें मूढ़ाग्रही विश्वासों एवं कुरीतियों से लड़ने के लिए अपनी तर्कना का उपयोग करना ही चाहिए। हम केवल एक ऐसे न्यायी ईश्वर में विश्वास रख सकते हैं जो संत और पापी दोनों के प्रति वैसे ही निष्पक्ष है, जैसे सूर्य ठण्ड से कांपते हुए और गर्मी से पसीना बहाते हुए, दोनों प्रकार के लोगों पर समान भाव से प्रकाशित रहता है। ईश्वर उपेक्षा से क्रुद्ध नहीं होता, अथवा प्रार्थना से प्रसन्न नहीं होता। उसके रथ के चक्र दया, अथवा क्रोध से बाधित हुए बिना चलते हैं। ईश्वर का उपहास नहीं किया जा सकता। वह कर्माध्यक्ष है—कर्म का स्वामी तथा निरीक्षण-कर्ता। यदि हम अपने पापों के लिए अनुताप करते हैं और अपने आचरण में तदनुकूल परिवर्तन करते हैं तो ईश्वर उसका ध्यान रखता है और सुधरने में हमारी सहायता करता है।

स्वर्ग-नरक कोई भौगोलिक क्षेत्र नहीं हैं। जो आत्मा अपने दुष्कर्मों के लिए अनुताप से दग्ध है, वही नरक में है; जो आत्मा अच्छे ढंग से जीवन बिताने के कारण सन्तुष्ट है, वह स्वर्ग में है। पुण्य-जीवन का पुरस्कार साधु जीवन स्वयं ही है। सद्गुण स्वयं ही अपना पुरस्कार है।

यदि वास्तविकता की व्याख्या के रूप में ईश्वर की बौद्धिक परिकल्पना को आनुभविक सत्य में परिणत करना है तो हमारी बौद्धिक चेतना को आध्यात्मिक अनुभूति में विकसित करना पड़ेगा। धर्म अन्तिम सत्य से, जिसे ईश्वर कहा जाता है, मिलन का एक मार्ग है। इस अन्तिम सत्य में विश्वास अनुगमन-तर्क की प्रक्रिया की समाप्तिमात्र नहीं है वरन् अनुभवाश्रित निष्ठा का एक कार्य है। धर्म जड़ जीवन से आलोकित चैतन्य का उद्भव चाहता है, इस आलोकित चैतन्य को विभिन्न धर्म विभिन्न नामों से पुकारते हैं।

जो लोग श्रद्धालुओं में सम्मिलित नहीं हुए थे, उनसे बात करते हुए संत पाल, इन शब्दों के साथ ठीक ही कहता है कि 'यदि वे संयोगवशात् उसकी भावना रखते हों तो वे प्रभु को पाने की चेष्टा करें, और उसे प्राप्त कर लें, यद्यपि वह हममें से प्रत्येक से दूर नहीं है।' संत पाल कहते हैं :

'तू जीर्ण मानव को, जो छलनापूर्ण वासना से भ्रष्ट हो गया है, हटा दे, और अपने मन की चेतना में नूतन हो जा।

और नवीन मानव को उन वस्त्रों से ढक, जो ईश्वरानुकूल साधुता और सच्ची पवित्रता में निर्मित हुआ है।

लस नवीनीकरण का परिणाम है नूतन मानव का जन्म। यह नवजन्म अपने को बाह्य करुणा में प्रकाशित करता है।

सम्पूर्ण कटुता एवं आक्रोश, रोष एवं कोलाहल तथा समस्त विद्वेष सहित कुवचन को दूर कर दे।

और तू एक-दूसरे के लिए दयालु, मृदुहृदय हो जा, एक-दूसरे के लिए क्षमाशील बन, जैसे ईश्वर ने ईसामसीह के लिए तुझे क्षमा कर दिया है।'[1]

मानव-मन में सभ्य और विकसित के साथ ही आदिम, पुरातन एवं शिशु भी उपस्थित रहता है। हमारे अन्दर जो जड़ता और बुराई है, उसके विरुद्ध संघर्ष हमें जारी रखना चाहिए। हमारे समस्त शत्रु हमारे अन्दर ही हैं। जो वृत्तियां हमें चरित्र-भ्रष्टता के लिए बहकाती हैं, जो आग हमारे अन्दर जलती है, वह सब अज्ञान एवं त्रुटि के उस अन्तःक्षेत्र से ही उठती है, जिसमें हम रहते हैं। मानव की महिमा इस बात में नहीं है कि वह कभी गिरे नहीं, बल्कि इस बात में है कि हर बार वह गिरने पर उठ खड़ा हो। स्व० प्रोफेसर ए० एन० व्हाइड हेड ने कहा है : 'धर्म विश्वास की वह शक्ति है जो आन्तरिक भागों को स्वच्छ करता है। इसी कारण सच्चाई, वेधक सच्चाई ही प्राथमिक धार्मिक सद्-गुण है। धर्म मनुष्य के अन्तर्जीवन की कला एवं उपपत्ति है।'[2] आत्मविजय लालसा से शान्ति तक पहुंचने का ही मार्ग है। पाप करने एवं दुःख भोगने के जीवन की अपेक्षा एक महत्तर जीवन है। किसी मनुष्य की साधुता की मात्रा का परीक्षण इस बात से होता है कि वह किस सीमा तक अपनी प्रकृति की दुर्बलताओं पर प्रभुत्व पाने में समर्थ हुआ है। धर्म जीवन से बाहर ले जाने का मार्ग नहीं है, अपितु जीवन की ओर ले जाने वाला मार्ग है। आत्मा और जीवन के क्षेत्र एक-दूसरे के अन्दर प्रवेश करते हैं। यह सामान्य धारणा कि हिन्दू धर्म सामाजिक मूल्यों का निषेध करता है और संसार को अस्वीकार करने वाले आध्यात्मिक अन्वेषण के लिए भौतिक एवं सांस्कृतिक आवश्यकताओं की बलि दे देता है, सही नहीं है। यह सत्य है कि जब हमें सत्य का दर्शन होता है, तब हम अनुभव करते हैं कि हम इस नाम-रूपात्मक, बाह्य, दृश्य, परदेशी जगत् में अजनबी हैं। तब हमें यहां घरेलू शान्ति नहीं मिलती। जगत् के चल-चलाव या नैरन्तर प्रवाह के पीछे जो सामञ्जस्य है, उससे प्रभावित होकर हम यहां कार्य करते हैं। यह भी कहा जाता है कि परमात्मा की एकमात्र वास्तविकता तथा उसका अनुभव करने की परमावश्यकता

1. संत पाल।
2. 'ऐन एन्थालोजी' (1953), पृ० 472।

के सामने मानवीय संघर्ष में निहित समस्त बौद्धिक एवं नैतिक यत्न अन्ततोगत्वा असत् और तत्त्वरहित हैं। किन्तु भारतीय विचारकों ने हमें सिखाया है कि प्रतिबद्ध या सीमित यत्न के बिना इन्द्रियातीत सिद्धि या अनुभूति प्राप्त भी नहीं हो सकती। यह कहना पूर्णतः सही नहीं है कि शंकर के मत में सामाजिक आचार के साथ ब्रह्म के यौगिक ज्ञान की प्रतिकूलता है। यदि शंकर कहते हैं कि केवल ब्रह्म ही सत्य है तथा ब्रह्म के बाहर कुछ भी नहीं है तो इसका तात्पर्य यही है कि प्रतीयमान जगत् वहीं तक असत् है जहां तक हम उसे ब्रह्म की एक अभिव्यक्ति के रूप में ग्रहण करने में असमर्थ होते हैं। उन आंखों में, जो 'एकमेवा द्वितीयम्' की ओर खुली हुई हैं, नित्यपरिवर्तनशील वस्तु जगत् भी है, जिसमें रचनात्मक रूप से कर्म करना सम्भव है, और ऐसा करते हुए भी द्वैत के सृजनात्मक ऐक्य में एक का साक्षात् या अनुभव हो सकता है। आत्मज्ञान इस रूप में है कि ज्ञानी आत्मा कार्य भी कर सके।

सभी धर्मों में जीवन पर बल देने वाले एवं जीवन का निषेध करनेवाले मनोवेगों का परस्पर-संघर्ष है। इन दो मनोवेगों की अन्तःक्रिया ने बारम्बार भारतीय चिन्तन-धारा को नूतन रूप दिया है और अपने अविश्रान्त आध्यात्मिक अन्वेषण में भारत को अग्रसर किया है।

यद्यपि कुछ हिन्दू परम ऐक्य पर इस सीमा तक ज़ोर देते हैं कि वैविध्य को, अनेकता को माया मानकर अस्वीकार कर देते हैं तथा सम्पूर्ण कर्म, सम्पूर्ण कामना तथा जो कुछ भी पार्थिव है, उन सबका त्याग एवं निषेध करते हैं, परन्तु अधिकांश हिन्दू सृष्टि की अनेकता में एकता को ही सत्य मानते हैं—वह सत्य, जो प्राणियों से भक्ति एवं प्रेम की मांग करता है। सभी धर्म प्रेम एवं करुणा के आचरण की मांग करते हैं। अथर्ववेद का वचन है : 'समान-हृदयता, समान-मानसिकता, अप्रतिकूलता का मैं तुम लोगों के लिए सृजन करता हूं; तुम एक-दूसरे से उसी प्रकार प्रीति प्रकट करो जैसे गौ अपने नवजात वत्स के लिए करती है।'[1] 'जैसे एक मां अपने एकमात्र पुत्र का, अपना जीवन खतरे में डालकर भी रक्षण करती है, उसी प्रकार मनुष्य को समस्त चेतन प्राणियों के लिए असीमित रूप में करुणा से अपने हृदय को विकसित करना चाहिए।' आत्मत्याग ही सच्चा त्याग है (जैसा कि ग्रुतेराईसाया के भक्ति-संगीत में व्यक्त हुआ है)। केवल यही ईश्वर को स्वीकार्य है और यही इतना शक्तिमान है कि दूसरे में भी वही भाव पैदा करता है। हिलेल कहता है : 'जो तेरे लिए घृणाजनक है, उसे अपने साथियों के लिए मत कर।'

मेरा खयाल है कि तालमद (यहूदी संहिता) में कहीं इस बात को लेकर विवाद है कि जगत् की सृष्टि होनी चाहिए थी या नहीं। अन्त में निर्णय यह हुआ कि यदि जगत् अस्तित्व में न आया होता, तो सम्बन्धित लोगों के लिए वह ज़्यादा

1. आत्मा ज्ञातव्य इत्येतन्मोक्षार्थं न च चोदितम्।
कर्गप्रवृत्तिहेतुत्वं आत्मज्ञानस्य लक्ष्यते।—शास्त्रदीपिका।

अच्छा होता; किन्तु जब वह अस्तित्व में आ ही गया है तो मनुष्य को सत्कार्य में अपना समय लगाना चाहिए। संत पाल कहते हैं : 'मैं ईश्वर की समस्त दया के नाम पर तुम्हें अपील करता हूं कि अपने शरीरों को इस प्रकार शुद्ध एवं परिष्कृत करके कि वह ईश्वर को स्वीकार्य हो, बलि के रूप में समर्पित कर दो : बस, यही है तुम्हारा सम्प्रदाय, यही है तुम्हारा अध्यात्मिक जीवन।'[1] एपोस्टिल (देवदूत) कहते हैं : 'बुराई से पराजित न हो बल्कि भलाई से बुराई को पराजित कर।'

यद्यपि सभी धार्मिक शिक्षकों ने हमसे यही कहा है कि करुणा हमें जीने का अर्थ प्रदान करती है, कर्म में पथ-दर्शन करती है, साहस के प्रदर्शन का कारणरूप बनती है तथा मानवीय दुःख दूर करने में हमारी सहायता करती है, फिर भी उस महान् करुणासागर प्रभु—ईश्वर—के नाम पर संसार में जघन्य अपराध किए गए हैं। प्रेमेश्वर में विश्वास रखना ही पर्याप्त नहीं है; हमें निश्चित रूप से प्रेम करना ही चाहिए। जो वर्षा नीचे के मैदानों को उपजाऊ बनाती है, वह वायुमण्डल के उच्चस्तरों पर ही निर्मित होती है। सन्तगण ऐसे आचार्य हैं जो अभिरंजित दर्पण की ऐसी आकृतियां नहीं हैं जो अपनी पवित्रता में सुदूर और आसमानी हों। उनमें कुछ ऐसी चीज़ है जिसे हम जगत् में सर्वत्र प्रसारित करना चाहेंगे। उनमें अवश्य कुछ ऐसा है परन्तु वह क्या है, यह हम नहीं कह सकते। यह उनके रक्त और अस्थि में है; यह उनकी वाणी के श्वास में है; उनके व्यक्तित्व के प्रकाश एवं छाया में है—एक ऐसा रहस्य, जिसे जिया जा सकता है परन्तु शब्दों में प्रकट नहीं किया जा सकता।

राजनीतिक व आर्थिक कार्यसाधकता के विवर्तनशील बालुका-कणों पर नहीं, नैतिक यम-नियम की दृढ़ चट्टान पर ही ऐसे सभ्य समाज का निर्माण किया जा सकता है जिसमें व्यक्तिगत स्वातन्त्र्य, सामाजिक न्याय और राजनीतिक समानता हो। शान्ति के लिए सत्य, स्वतन्त्रता और साधुता आवश्यक हैं। इंजील-लेखक (इवैंजेलिस्ट) हमें बताता है कि कैसे शैतान उन्हें अत्यधिक ऊंचे पर्वत पर ले जाता है और जगत् के समस्त राज्यों को तथा उनके ऐश्वर्य को दिखलाता है। फिर कहता है : "यदि तू नीचे झुककर मेरी पूजा करे तो मैं तुझे ये सब वस्तुएं दूंगा।" तब जीसस ने उससे कहा : "शैतान, तू यहां से चला जा, क्योंकि ऐसा लिखा है— 'तू अपने प्रभु, अपने ईश्वर की पूजा करेगा और केवल उसी प्रभु की सेवा करेगा।'"[2]

नये समाज में हमें एक नूतन सार्वदेशिक धर्म की आवश्यकता है। इससे हमारा तात्पर्य एक ही सांचे में ढले धर्म का नहीं है वरन् जागरूकता एवं प्रेम के, प्रज्ञा एवं करुणा के, सत्य एवं स्नेह के धर्म से है। धर्मों से उनकी प्रान्तीयता दूर हो जानी चाहिए और उन्हें ऐसा रूप दिया जाना चाहिए कि उनसे उनकी सार्वदेशिकता

1. रोमांस, 12-2।
2. मैथ्यू : 4, 8-10; ल्यूक : 4, 5-8।

प्रकट हो। इसका अर्थ आध्यात्मिक अनिश्चय या संदिग्धता नहीं है।

सहिष्णुता में प्रत्येक मनुष्य की गरिमा से सम्बद्ध एक प्राथमिक अधिकार निहित है। विश्वास का अधिकार, मुक्त, शृंखला-रहित जीवन जीने की भांति ही, भ्रातृ-प्रेम की धारणा में मूलभूत रूप से निहित है। हम लोगों ने अपने देश में विभिन्न धर्मों का शान्तिपूर्ण सह-अस्तित्व देखा है। यह केवल निष्क्रिय सह-अस्तित्व नहीं है वरन् एक सक्रिय साहचर्य है; विभिन्न धर्मों में जो कुछ सर्वोत्तम है, उसका एक घनिष्ठ अन्तःसम्बन्ध है। सह-अस्तित्व प्रथम पग है; लक्ष्य है भ्रातृभाव—भाईचारा। हमने इन आदर्शों का सच्चाई के साथ पालन नहीं किया है और प्रायः आपदा झेली है। फिर भी आदर्श आंखों के सामने रहा है तथा राममोहन राय, रामकृष्ण परमहंस, रवीन्द्रनाथ ठाकुर एवं गांधीजी जैसे महान नेताओं द्वारा उसकी पुष्टि होती रही है।

सहिष्णुता का दृष्टिकोण इस विश्वास पर आश्रित है कि तार्किक श्रेणियों के समस्त इन्द्रियातीत प्रयोग, इन्द्रियातीत को ससीम में खींच लाने के समस्त प्रयत्न, गलत हैं। प्रकृति एवं इतिहास ईश्वर की उपस्थिति की घोषणा करते हैं किन्तु उसके समस्त स्वभाव को प्रकट नहीं करते। एक-दूसरे को ठीक तरह से न समझ सकने के कारण धर्म परस्पर कटते गए हैं, दूर होते गए हैं। हम लोग धर्म की कतिपय परम्पराओं के बीच पैदा या शिक्षित होते हैं, परन्तु परम्परा के प्रति निष्ठावान होने का यह अर्थ नहीं है कि हम उसके अन्दर बन्दी बनकर रह जाएं। हम अपनी आयु, परिस्थिति एवं संस्कार द्वारा निर्णीत परमात्मा के विभिन्न प्रतीकात्मक प्रतिनिधित्व ग्रहण करते हैं। प्रत्येक प्रतीकात्मक विन्यास के मूल में वही है, जो रूप के परे है। हमें रूप अथवा आकृति की आवश्यकता तो है किन्तु उसे आध्यात्मिक सत्ता समझने का भ्रम नहीं होना चाहिए। आध्यात्मिक सत्ता एक है, जब कि रूप अनेक हैं। जहां तक रूप का सम्बन्ध है, प्रत्येक धर्म निराला है। हम यह मान सकते हैं कि हमारा विशिष्ट रूप-निर्माण सत्य का उचित रूपांकन है किन्तु इसके साथ ही हमें दूसरे रूपों के औचित्य से इन्कार न करना चाहिए। हमें मुक्त मानस एवं आत्मा के प्रति उन निष्ठाओं का विकास करना चाहिए जो जाति, वर्ग, प्रजाति अथवा राष्ट्र की संकुचित निष्ठाओं को पार कर जाएं। इन मूल्यों की कीमत पर हम जो भी प्रगति करते हैं, वह नैतिक रूप से गलत है।

सब धर्मों के ऋषिगण कहते हैं कि जगत् की विविध जातियां एक सर्वनिष्ठ तात्पर्य एवं सर्वनिष्ठ नियति वाले समाज का निर्माण करती हैं। कहा जाता है कि समस्त जगत् ही एक महात्मा का पितृदेश है—घर है। आत्मा की सार्वभौमिकता का यह समाचरण हमसे मांग करता है कि हम अपने शत्रुओं को बुराई-भरे शैतान के रूप में नहीं, वरन् उद्विग्नताओं से मार्गभ्रष्ट तथा परिवर्तन एवं सुधार में समर्थ मानव के रूप में ग्रहण करें। इतिहास बताता है कि मित्र शत्रु हो जाते हैं तथा शत्रु मित्र बन जाते हैं। तीन शताब्दियों तक हमने कैथोलिक एवं प्रोटेस्टेण्ट

ईसाई सम्प्रदायों को परस्पर भयानक युद्धों में लिप्त देखा है, फिर भी बिशप स्टीफेन नील अपने ग्रन्थ 'ऐंग्लीनिकज़्म'[1] में कहते हैं—"हमारे सर्वोत्तम धर्म-शास्त्रियों ने सिद्ध कर दिया है कि कैसे प्रोटेस्टेंटवाद तथा कैथोलिकवाद ईश्वरीय सत्य के दो आवश्यक अंग हैं।"

अन्तर्राष्ट्रीय झगड़ों के समाधान में हमें हिंसा पर मेल-मिलाप को, प्रतिहिंसा पर क्षमा को, सीधी कार्रवाई पर समझौते को प्रधानता देनी चाहिए। यदि यह रुख, जो एक सर्वव्यापी ईश्वर में विश्वास के अनुकूल एकमात्र रुख है, हमारे मनों और हमारे हृदयों पर छा जाता है तो हम अपने संकट से छूट सकते हैं और सार्वभौम समाज की मानवीय आशा के निकट पहुंच सकते हैं। विभिन्न धर्म-मतों के सदस्यों के रूप में अपनी निष्ठाओं को रखते हुए भी लोग धर्म-भ्रातृत्व के लिए कार्य कर सकते हैं; विभिन्न राष्ट्रीय समाजों के सदस्य अपने वर्तमान संघर्ष के नीचे या उसे अतिक्रम करके भी भाईचारे का अन्वेषण कर और पा सकते हैं। ईश्वर में श्रद्धा हम सबको शान्ति के लिए सहयोग या सामञ्जस्यकारी भावना से काम करने को उत्साहित तथा प्रेरित करे।

1. पेंगुइन सीरीज (1958)।

2

धर्म के प्रति भारतीय दृष्टिकोण

यह विश्वास करने का कोई कारण नहीं है कि पूर्व एवं पश्चिम के बीच मौलिक अन्तर है। मानव-प्राणी सर्वत्र मानव है और एक ही गहनतम मूल्य को स्वीकार करता है। जो अन्तर हैं, वे अवश्य महत्त्वपूर्ण हैं परन्तु वे बाह्य, अस्थायी सामाजिक अवस्थाओं को लेकर हैं और उनके साथ ही परिवर्तित होते रहते हैं।

पूर्व और पश्चिम भी सापेक्षिक शब्द हैं। वे भौगोलिक अभिव्यक्तियां हैं, कोई सांस्कृतिक वर्ग नहीं। चीन, जापान तथा भारत जैसे देशों के बीच अन्तर उतने ही महत्त्वपूर्ण हैं जैसे यूरोपीय अथवा अमरीकी देशों के बीच हैं। विभिन्न प्रदेशों में आपेक्षिक पार्थक्य के कारण विशिष्ट सांस्कृतिक प्रतिमानों का विकास हुआ—इन प्रतिमानों के साथ अलग-अलग विश्वास एवं आचार-अभ्यास संयुक्त हो गए। ऐसे युग आए हैं, जब चीन एवं भारत सांस्कृतिक मामलों में सिरमौर थे; दूसरों की बारी तब आई जब पाश्चात्य राष्ट्रों का आधिपत्य हुआ। पिछली चार शताब्दियों से वैज्ञानिक प्रगति की सहायता पाकर पश्चिमी राष्ट्रों ने प्राच्य भूभाग पर अपना आधिपत्य स्थापित कर रखा है।

विश्व अब अन्तःसंचरण के एक दर्जे पर पहुंच गया है। सभी समाज तेज़ी के साथ उद्योग-प्रधान होते जा रहे हैं और मूल्य के नये पुंज (सेट) बनते जा रहे हैं। हमें एक नई सभ्यता के व्यथापूर्ण जन्मकार्य में सम्मिलित होने को कहा गया है। यदि हमें शान्ति से एकसाथ रहना है तो हमें अन्तर्राष्ट्रीय सहयोग एवं समझदारी का विकास करना ही चाहिए।

उन व्यावहारिक कार्यों का निश्चय करना राजनीतिक नेताओं का काम है जिनके द्वारा हमें इस समय उपलब्ध शक्ति (विद्युत्) एवं संचरण के स्रोतों का संसार के लोगों के बीच घनिष्ठ सहयोग एवं मैत्री के लिए उपयोग करना है। सांस्कृतिक स्तर पर अवबोधन हुए बिना कोई भी राजनीतिक अवबोध स्थायी नहीं बनाया जा सकता। अपने आभ्यन्तर महत्त्व के अतिरिक्त भी ऐसी अवबोधना (समझ, अंडरस्टैंडिंग) मानवीय अनुभव को समृद्ध बनाती है। इतिहास के दर्शन-शास्त्रियों द्वारा ऐसे सरल साधारणीकरण किए जाते हैं, जो अत्यधिक गुमराह करने वाले होते हैं। हेगल अपनी पुस्तक 'इतिहास-दर्शन पर वक्तृताएं' ('लेक्चर्स ऑन फिलासफी ऑफ हिस्ट्री') में कहता है कि "फारस प्रकाश का देश है; ग्रीस (यूनान) शोभा का देश है; भारत स्वप्न का देश है; रोम साम्राज्य का देश है।"

यदि हम पिछले पांच हजार वर्षों के इतिहास पर दृष्टिपात करते हैं तो चरम परिस्थितियों, शिखरों और खाइयों के वैषम्य या विपरीतता को देखकर आश्चर्य होता है। देश उठता है, लड़खड़ाता है, गिरता है, अपने-आपमें ही सिकुड़कर

रह जाता है, अपने को टुकड़े-टुकड़े, चिन्दी-चिन्दी कर देता है और फिर अपनी खोई महत्ता को प्राप्त करने के लिए उठ खड़ा होता है। वह अहंकार, उदासीनता, लज्जा, अनासक्ति, उत्तेजना और दुस्साहस की विविध चित्तवृत्तियों के बीच से गुज़रता है। फिर भी इन सबके बीच एक ऐसा विचार बराबर बना रहता है—विचार, जिसका अनुभव करने, जिसे सिद्ध करने को वह प्रयत्नशील है। यह है एक प्रकार का सन्तुलन, मानवीय स्वभाव की एक परिपूर्णता, जिसे जीवन के सभी रूपों से सम्बद्ध घटनाएं एवं विपत्तियां हिला-हिला देती हैं, परन्तु तोड़ नहीं पातीं। यह देश सतह पर तो गतिमान है किन्तु अतल में, गहराई में स्थिर है। भारत नितान्त समृद्ध, वैविध्ययुक्त एक जटिल सन्तुलन है। यह देश किसी प्रभुत्वशाली प्रजाति या धार्मिक सिद्धान्त या आर्थिक परिस्थितियों में सीमांकित नहीं है। हममें प्रजातियों (रेसेस) का अद्‌भुत मिश्रण हुआ है किन्तु जिस महती परम्परा ने उसके समस्त निवासियों को प्रभावित किया है, वह है मानवीय हाथों का कार्य।

यहां संक्षेप में आत्मविद्या-विषयक उन पूर्वकल्पनाओं पर विचार कर लेना उपयोगी होगा जो किसी भी सभ्यता की रचनात्मक शक्तियां हैं। आत्मविद्या कोई गूढ़ अभिनिवेश नहीं है। प्रत्येक विचारवान व्यक्ति के जीवन में इसका एक महत्वपूर्ण स्थान है।

दर्शन एक व्यापक शब्द है जिसकी परिधि में तर्कशास्त्र, नीतिशास्त्र, सौन्दर्य-शास्त्र, समाज-दर्शन एवं अध्यात्म-विद्या सब आ जाते हैं। इनमें से अन्तिम (अध्यात्म विद्या) पदार्थ की परमा (अन्तिम) प्रकृति से सम्बन्धित है। आध्यात्मिक वास्तविकता का अनुसन्धान बहुतेरी ऐसी चीज़ों का स्रोत रहा है जो चिन्तन के इतिहास में बड़ी गहन एवं महत्त्वपूर्ण रही हैं। अध्यात्म-विद्या में दो मुख्य क्षेत्र सम्मिलित हैं: एक जीवविकास-विज्ञान या तात्त्विकी (आनटोलोजी, जो जीवार्थवाची यूनानी शब्द से बना है) अर्थात् सत्ता जो स्वयं अपनी ही शक्ति और अधिकार से स्थित है और किसी अन्य वस्तु पर आश्रित नहीं है; दूसरा ज्ञान-मीमांसा (इपिस्टेमालोजी, जो ज्ञानार्थवाची यूनानी शब्द से बना है)। मनुष्य का मस्तिष्क निश्चित रूप से क्या जान सकता है? सम्मति और ज्ञान में अन्तर कैसे होता है? सत् क्या है? क्या जाना जा सकता है? ये हैं वे समस्याएं, जिनपर अध्यात्म-विद्या विचार करती है।

धर्म-समस्या के सम्बन्ध में भारतीय दृष्टिकोण को ब्रह्मसूत्र के प्रथम चार सूत्रों के सन्दर्भ में देखा जा सकता है। ये चार सूत्र उपनिषद् के, जो वेदांग हैं, मुख्य अभिप्राय को प्रकट करते हैं। चारों सूत्र निम्न समस्याओं पर प्रकाश डालते हैं: (1) अन्तिम या परम सत्ता के ज्ञान की आवश्यकता, (2) उसके अवधारण की तर्कसम्मत प्रक्रिया, (3) परम सत्ता का अनुभव, (4) परम सत्ता की प्रकृति के प्रतीयमान परस्पर-विरोधी विन्यास।

प्रथम सूत्र का विषय है—ब्रह्म-जिज्ञासा। वह ब्रह्म को जानने की मनुष्य की

कामना को प्रकट करती है। संसार से असन्तोष है। इतिहास, फिर चाहे वह खगोलीय हो, भौमिक हो, प्राक्मानवीय या मानवीय हो, जन्म-मृत्यु या सृष्टि एवं विनाश का एक ऐसा निरुद्देश्य अभिक्रम जान पड़ता है जिससे व्यक्तिगत मानवीय अस्तित्व का कोई अर्थ नहीं निकाला जा सकता। जीव की समस्त शृंखला में, जो काल के क्रिया-कलाप में मानव के सार्थक सम्मिलन की मांग करती है, हमें कोई सिद्धान्त नहीं दिखाई पड़ता। संसार अर्थहीन, असार तथा अपदार्थ-सा लगता है। यह अनित्य है तथा असुख है। पशु रोग एवं ह्रास के शिकार तो होते हैं किन्तु उनका अपनी आपदा पर कोई चारा नहीं। संत आगस्टाइन उस सनातन आकुलता की बात करते हैं जो व्यक्ति के सांसारिक जीवन का लक्षण है। मृत्यु की चेतना ही चिन्ता का कारण है। कन्फ्यूशस लिखता है:

> 'महान पर्वत चूर-चूर हो जाएगा
> सुदृढ़ शहतीर निश्चित रूप से टूट जाएगी
> और प्रज्ञावान मानव किसलय की भांति सूख जाएगा।'

यदि मनुष्य अपने को संसार और उसकी हलचलों में खो देता है तो उसकी चिन्ता अल्पकालिक, क्षणभंगुर भय का कारण हो सकती है। किन्तु मनुष्य एक विचारवान प्राणी है। जब वह अपने अस्तित्व के अशाश्वत एवं सीमित रूप का विचार करता है तो वह भय से भर जाता है जो हीडेगर के शब्दों में 'स्वयं मानव से भी अधिक आद्यकालिक है।' जब भय अपने विषय में चेतनायुक्त होता है तो दारुण ताप बन जाता है। संसार के मरणजीवी रूप के चिन्तन के साथ आत्मा का दुःख भी मिल जाता है।

अनित्यता तथा हमारी सम्पूर्ण उपलब्धियों की परिसमाप्ति की चेतना हमें यह पूछने को विवश करती है कि इस विश्व-प्रक्रिया के पीछे या उसके परे भी कुछ और है? यदि उसके पार कुछ न होता, तो हम विश्व-प्रक्रिया से ही सन्तोष-लाभ कर पाते। दुखी व्यक्ति उपनिषद् के शब्दों में पुकार उठता है :

> 'असतो मा सद्गमय
> तमसो मा ज्योतिर्गमय
> मृत्योर्मा अमृतं गमय
> मुझे असत् से सत् की ओर ले चल।
> मुझे अन्धकार से प्रकाश की ओर ले चल।
> मुझे मृत्यु से अमरता की ओर ले चल।'

यह असीम अथवा शाश्वत की उपस्थिति ही है जो हमें ससीम या अशाश्वत से असन्तुष्ट करती है। यह हमें उस ईश्वर-प्राणी का स्मरण दिलाता है जिसे पैस्कल समझता था कि उसने सुना है :

'यदि तुम मुझे जान न गए होते तो मुझे पाने का प्रयत्न न करते।' रोमंस

में दी हुई अपराध-स्वीकृति से तुलना कीजिए :

'हमें जिस प्रकार प्रार्थना करनी चाहिए उसे हम नहीं जानते, किन्तु स्वयं परमात्मा ऐसे गहरे उच्छ्वास के साथ हमारा भार उठा लेता है जिसे हम शब्दों में प्रकट नहीं कर सकते।'

हमारे अन्दर जो द्वन्द्व एवं विग्रह है उसी का परिणाम दुःख है। मनुष्य दो दुनियाओं में रहने वाला जीव है : आध्यात्मिक एवं प्राकृतिक। वह 'सद्-असदात्मक' है।

अस्तित्व वस्तुतः काल का एक अभिक्रम है। यह छुरे की धार पर स्थित है। यह धार सत् से असत् को अलग करती है। मानव-प्राणी असत् में उलझा हुआ है। न हम थे, न हम होंगे। सत् की प्रकृति क्या है? उस असत् का क्या रहस्य है जो हमारे अस्तित्व को, जैसा कि हम उसे जानते हैं, आच्छादित एवं सीमित किए हुए है? सत् को अपनी अभिव्यक्ति के लिए असत् की आवश्यकता पड़ती है। अपने 'कन्फेशंस' (आत्मस्वीकृतियां) के प्रथम अध्याय में संत आगस्टाइन पूछते हैं कि ईश्वर के लिए उसकी (हमारी) आकांक्षा का अर्थ क्या है? क्या इसका यह अर्थ है कि उसने ईश्वर को पा लिया है या नहीं पा सका है? यदि उसने ईश्वर को नहीं पाया है तो वह ईश्वर के विषय में कुछ जान नहीं सकता क्योंकि ईश्वर ही उसे अपने प्रति यह उत्कण्ठा, यह तीव्र कामना देता है। यदि उसने ईश्वर को पा लिया है और उसे पूरी तरह जान गया है तो वह उत्कण्ठा रखने में असमर्थ होगा क्योंकि वह पूर्ण हो जाएगा, अतः संघर्ष करने एवं दुःख उठाने की बात ही न रह जाएगी।

आन्तरिक, अदृश्य संघर्ष के विषय में कार्ल बार्थ अपने 'इपिस्टिल टु दि रोमंस' में एक महत्त्वपूर्ण पद लिखता है :

"आदमी दुःख भोगते हैं क्योंकि अपने संग अदृश्य जगत् लिए हुए चलते हैं। वे देखते हैं कि इस अदर्शनीय, आन्तरिक जगत् के साथ एक ठोस, विदेशी, अन्य बहिर्जगत् भी है जो बुरी तरह दृश्य है, स्थानच्युत है और जिसके कण एक-दूसरे से ठेलमठेल कर रहे हैं, फिर भी अत्यन्त शक्तिमान हैं और आश्चर्यजनक रूप से आक्रामक और विद्रोही हैं।"

जीवन इसी दृश्य एवं अदृश्य के बीच एक सनातन नाटक है।

निरर्थकता की समस्या केवल धार्मिक श्रद्धा से हल नहीं की जा सकती। श्रद्धा को आध्यात्मिक ज्ञान से ऊर्जस्वित करना होगा। हमें आध्यात्मिक पूर्व कल्पनाओं पर विचार करना होगा और उस धार्मिक पूर्वसिद्धि या आदिस्रोत का निजी रूप से अनुभव करना होगा जिससे समस्त जीवित श्रद्धा का आरम्भ होता है। हमें बौद्धिक प्रयत्न तथा आध्यात्मिक बोध, आत्मविद्या एवं धर्म की आवश्यकता है। केवल ज्ञानाश्रित श्रद्धा ही जीवन एवं चिन्तन में सामंजस्य उत्पन्न कर सकती है।

शास्त्रों ने जो विचार दिया है उसे तर्क-बुद्धि से स्पष्ट करना होगा। तर्क-बुद्धि एवं धर्म की दुनियाएं विभिन्न धुरियों पर नहीं घूमती। भारतीय चिन्तन-

धारा इस विश्वास में दृढ़ है कि धार्मिक प्रस्थापनाएं तर्क-बुद्धि में बद्धमूल होनी चाहिए।

द्वितीय सूत्र बताता है कि ईश्वर में ही संसार निहित है; वही वह आदि स्रोत है जिससे संसार जन्म ग्रहण करता है; वही है जिससे उसकी रक्षा होती है और वही है जो उसको समाप्त कर देता है—जन्मादस्य यतः। यह कैसे होता है। कि कुछ न होने की अपेक्षा कोई वस्तु होती है? बिना किसी तर्क या स्पष्टीकरण के सत् या वह तो है ही। वह अपने किसी एक, या सर्वरूपों में भी, समाप्त नहीं हो जाता—यद्यपि अपने सब रूपों में से प्रत्येक में वह है। जगत् अपनी व्यवस्था तथा अभिप्राय-प्रमाण के कारण अचेतन पदार्थ से उद्भूत नहीं हो सकता। भौतिकवाद एक ऐसा सिद्धान्त है जो जगत् के सम्पूर्ण तथ्यों को पदार्थ एवं गति के अर्थ में व्याख्येय मानता है। वह स्नायु-प्रणाली के शारीरिक एवं रासायनिक परिवर्तनों से सम्पूर्ण शारीरिक या भौतिक अभिक्रमों की व्याख्या करता है।

यद्यपि कार्ल बार्थ जैसे थोड़े-से ईसाई धर्मशास्त्री हैं, जो धार्मिक निष्ठा के मामले में तर्क-बुद्धि के अनधिकार-प्रवेश का विरोध करते हैं, फिर भी कैथोलिकों की तथा कई प्रोटेस्टेण्ट सम्प्रदायों की मुख्य प्रवृत्ति धर्म-विश्वास के बचाव में तर्क-बुद्धि का प्रयोग करने की है। अपनी पुस्तक 'माई लाइफ एण्ड थाट' के उपसंहार में डा० श्वेत्जर लिखते हैं : "ख्रीष्टीय मत चिन्तना का स्थान नहीं ले सकता, किन्तु उसे इसकी नींव पर खड़ा करना होगा।...मैं जानता हूं कि यह चिन्तन का ही परिणाम है कि मैं धर्म एवं ख्रीष्टीय मत में अपनी निष्ठा बनाए रख सका।"

ब्रह्मसूत्र (1—1—2) ने तैत्तिरीय उपनिषद् का आधार लिया है, जो विश्व-अभिक्रम में पदार्थ, जीव, मन, प्रज्ञा और आत्मा में भेद करती है। संसार में, लीबनिज़ के शब्दों में, 'कुछ भी बंजर, कुछ भी अनुत्पादक—बांझ—कुछ भी मृत नहीं है। वहां कोई तीव्र भेद-रेखा नहीं है। सत्ता के एक स्तर से दूसरे स्तर तक श्रेणी-व्यवस्था इतनी सूक्ष्म और अगोचर है कि ऐसी रेखा खींचना असम्भव है, जो प्रत्येक की सीमा का स्पष्ट अंकन कर दे। प्रकृति में जो कुछ है, सब परस्पर सम्मिलित है, एक-दूसरे के साथ गुंथा हुआ है। सब जीव एक-दूसरे से एक ऐसी शृंखला में बंधे हुए हैं जिसके कुछ भाग आगे जाते हुए दिखाई पड़ते हैं जब कि दूसरे भाग हमारी दृष्टि में ही नहीं आते।

हम इस ब्रह्माण्डीय अभिक्रम को तब तक समझ नहीं सकते, जब तक कि हम उस ब्रह्म या परमात्म-सत्ता की कल्पना न कर लें, जो इस अभिक्रम को प्रेरित और जीवित रखती है। जब हम इस जागतिक अभिक्रम के पीछे एक रहस्य का होना स्वीकार करते हैं, तब मनोराज्य के पीछे के चलचलाव को भी मान लेते हैं।

क्षणभंगुरतावाद आधुनिक युग का ही गोचर-विषय नहीं है। यह चिन्तन का एक आधारिक प्रकार है जो दर्शन के इतिहास में तब दृष्टिगोचर होता है

जब हम मानव की वैयक्तिक सत्ता तथा प्राकृतिक पदार्थों की सत्ता के अन्तर पर ज़ोर देते हैं। आत्मसत्ता एवं वस्तु-सत्ता में अन्तर है। मनुष्य केवल है ही नहीं, वह जानता है कि वह है। उसकी सत्ता उसके लिए खुली हुई है। ज्ञान पदार्थ-जगत् तक सीमित है, किन्तु आत्मा की पकड़ अन्दर से होती है। पदार्थ-सम्बन्धी ज्ञान तो है परन्तु आत्मापरक धारणा भी है।

आध्यात्मिक चिन्तन, जो अनुभव पर आधार रखता है, मानता है कि प्रकृति की पकड़ आवश्यकता के प्रत्यय से होती है, जब कि आत्मा का, पुरुष का अवधारण मोक्ष या स्वातन्त्र्य के प्रत्यय से होता है। इस अवधारण के बिना मनुष्य की प्रकृति के विषय में हमारी समझ अपूर्ण एवं विकृत रह जाएगी। यद्यपि मनुष्य और प्रकृति दोनों, ईश्वर की ही सृष्टि हैं किन्तु मानव-सत्ता ईश्वर के प्रतिबिम्ब-रूप[1] में निर्मित होती है, इसलिए वह प्रकृति-सत्ता से बहुत भिन्न होती है। मनुष्य कोई स्वयंचेता पदार्थ नहीं है, यद्यपि वह बाह्य वस्तु से भिन्न होते हुए भी पदार्थ तो है ही—एक वस्तुनिष्ठ परिकल्पना, निजत्वबोधात्मक 'मैं' नहीं। हम मनुष्य को यह मानकर कि वह प्रकृति का एक असाधारण रूप से जटिल पदार्थ है, वैज्ञानिक दृष्टि से नहीं समझ सकते। वस्तुपरक या विषयाश्रित वर्णन मनुष्य को निजत्वरहित कर देता है और उसे ऐसे खण्डों के पंचमेल पुंज-सा बना डालता है, जिसका विविध विज्ञान अध्ययन करते हैं। वह जैव मानव है, सामाजिक मानव है, राजनीतिक मानव है और व्यक्तिगत, निजी मानव भी है जो वेदना एवं आनन्द का अनुभव करता है; उत्तरदायित्व का बोझ उठाता है; भला-बुरा करता है और जब आत्मपरक (सब्जेक्ट) न होकर वस्तुपरक (आबजेक्ट) बन जाता है तो स्वयं अपने से अपने अलगाव का अनुभव भी करता है।[2]

तर्क-बुद्धि के प्रति दार्शनिक की निष्ठा का यह तात्पर्य नहीं है कि परमसत्ता या ब्रह्म की प्रतीति तर्क-बुद्धि के विषय रूप में ही हो सकती है। पूर्व और पश्चिम दोनों के अनेक दार्शनिक इस परिणाम पर पहुंचे हैं कि (परम) सत्ता अधिप्राज्ञ है और वह अपनी परमा प्रकृति में इन्द्रियज्ञानलभ्य नहीं है तथा धार्मिक अन्तर्दृष्टि भी परमसत्ता की वास्तविक अभिव्यक्ति है।

तीसरे सूत्र 'शास्त्रयोनित्वात्' का अभिप्राय यह हो सकता है कि ब्रह्म ही शास्त्र का स्रोत है अथवा यह कि हमें शास्त्र से ब्रह्म-ज्ञान होता है। समस्त दर्शन का आरम्भ अनुभव से होता है और अन्त भी अनुभव में ही होता है। धर्म केवल प्रस्थापनाओं की स्वीकृति-मात्र नहीं है। यह बुद्धि का व्यायाम-मात्र भी नहीं है। यह सम्पूर्ण मानव का प्रतिवचन है; सम्पूर्ण मानव की संवेदना है।

---

1. जेनेसिस, 1-26।

2. But I have that within which passeth show;
These but the trappings and the suits of woe. — हैमलेट, 1-2

यह पूर्ण निष्ठा मांगता है, यद्यपि सदा ही उसे वह प्राप्त नहीं होती। सत्ता (ब्रह्म) कोई धारणा या प्राक्कल्पना नहीं है। इसे अनुभूत तथ्य होना चाहिए। परमसत्ता की अपरोक्षानुभूति या लोकोत्तर ज्ञान सम्भव है। यह सत्ता की एक झलक-मात्र नहीं है वरन् उसके साथ नैरन्तर सम्पर्क है। जैसा कि बोहमें कहता है—यह 'वह देश है जो केवल दृश्य नहीं अपितु गृह है।' आध्यात्मिक अनुभव में हम काल-बोध को पार कर शाश्वत या नित्य में चले जाते हैं। इसका तात्पर्य यह नहीं है कि सीमित अहं या जीवात्मा का अन्त हो जाता है; यह जागतिक एवं इन्द्रियातीत चेतना में समाकर प्राप्त मोक्ष है।

शास्त्र ऐसे ऋषियों के अनुभव के विवरण हैं जिन्हें सत्ता (ब्रह्म) की समस्या की पकड़ रही है। स्वीकृति का उनका दावा ईश्वर-सम्बन्धी किसी प्रतिष्ठापना-समूह के तार्किक औचित्य पर अथवा ईश्वर के कर्म-कलाप-विषयक विवरणों की ऐतिहासिक संगति पर आश्रित नहीं है। ऐसे वक्तव्य वैज्ञानिक अथवा ऐतिहासिक अन्वेषणों द्वारा अस्थिर किए जा सकते हैं। अनुभव किसी भी ऐसे मनुष्य द्वारा प्राप्त किया जा सकता है जो एक विशिष्ट अनुशासन में रहने और प्रयत्न करने के लिए उद्यत है।

जिनको अनुभव है, वे आत्मजगत् के अग्रणी लोगों में हैं। वे अन्तर्दृष्टि के द्वारा चलते हैं, विश्वास द्वारा नहीं। वास्तविक धर्म परमात्मा या ब्रह्म के साथ प्रत्यक्ष सम्बन्ध रखने की चेतना पर आश्रित है। यह अनुभव सब रूपों, प्रतिबिम्बों और सम्बोधों को पार कर जाता है। केन्द्रीय स्व में, जो प्रज्ञा और संकल्प दोनों का मूल है, सम्मिलन या ऐक्य की उपलब्धि हो जाती है। जितने भी धार्मिक वचन हैं, वे उपलब्ध अनुभव के अर्थ को ठीक रूप से प्रकट करने के अर्थहीन प्रयत्न मात्र हैं।

बुद्ध को गुह्यपति या रहस्यों का स्वामी कहा गया है। वह 'बोधि' अथवा प्रज्ञान पर ज़ोर देते हैं। अपने सब रूपों में बौद्ध-दर्शन आभ्यन्तर-प्रेरित अन्तर्दष्टि पर ज़ोर देता है। ज़ेन अनुशासन हमसे प्रत्ययी चिन्तन की जटिलताओं को काटने के लिए कहता है जिससे हम जीव के आमूलचूल रूपान्तर को प्राप्त कर सकें।

चतुर्थ सूत्र सत्ता (ब्रह्म) की प्रकृति के विषय में विविध विवरणों में, जो शास्त्र में मिलते हैं, सामंजस्य लाने का प्रयत्न है। विज्ञान रहस्य की श्रद्धापूर्ण स्वीकृति की ओर ले जाता है। धर्म हमें बताता है कि हम अन्तिम रहस्य (ब्रह्म) का निजी अनुभव प्राप्त कर सकते हैं। धर्म-दर्शन कल्पनाशील दार्शनिकों की तार्किक प्रस्थापनाओं की अपेक्षा धार्मिक मनुष्यों द्वारा उपलब्ध अनुभव-सामग्री पर ही अपना मुख्य आधार रखता है। हम अनुभव से कुछ ऐसी वस्तु उत्पन्न करने की चेष्टा करते हैं जो उसकी स्मृति को सुरक्षित रखे। व्हाइटहेड हमें बताते हैं—'शब्द उसे नहीं वहन कर सकते अथवा बड़ी ही सूक्ष्म मात्रा में वहन कर सकते हैं। हमें असीम के साथ संचार-सम्पर्क रखने की सुधि है और हम जानते हैं कि

हम चाहे जो भी ससीम रूप दें, उसे प्रकट नहीं कर सकते।' संत आगस्टाइन कहते हैं : "हमारा विश्वास है कि हम आन्तरिक रहस्यों को जानते हैं किन्तु हम अब भी बाह्य प्रांगण में हैं।" हमारे बयान सब केवल आंशिक सत्य हैं, पूर्ण सत्य नहीं। शास्त्रीय वक्तव्य में जो कुछ सन्निहित है, वह चिन्तन की शृंखलाबद्ध प्रणाली में प्रदर्शित है।

परम सत्ता के दो रूप हैं : निर्गुण एवं सगुण। जब हम गोचर सामग्री से परम सत्ता की ओर जाते हैं तो उस सत्ता की कल्पना ब्रह्माण्ड के स्रष्टा, शासक एवं जागतिक पथदर्शक के रूप में की जाती है। जब हम उस परम (ब्रह्म) का अनुभव करते हैं तो वह परम सत्ता संसार के परे, उसकी समस्त श्रेणियों के ऊपर उठी हुई तथा निषेधात्मक शब्दों में वर्णित की जाती है। समस्या के समाधान से सम्बन्ध रखनेवाली बातचीत में बड़ा उत्साह, जोश तथा विचक्षणता खर्च की गई है परन्तु मौन अथवा अर्चना ही उसका सबसे पर्याप्त प्रत्युत्तर होगा। उस निरपेक्ष या परम (ब्रह्म) की प्रकृति मौन की टीका द्वारा ही अभिव्यक्त होती है।[1] शंकर के अनुसार ब्रह्म की कल्पना द्विविध है।[2]

महोपनिषद् में ब्रह्म शून्य, तुच्छ, अव्यक्त, अदृश्य, अचिन्त्य और निर्गुण बताया गया है।[3] बुद्ध कहते हैं : 'सचमुच एक ऐसा राज्य है जहां न ठोस है, न द्रव है, न ताप है; न गति है, न यह जगत् है, न दूसरा कोई जगत् है; न सूर्य है, न चन्द्र है। इसे मैं न उद्भव और न लय कहता हूं; न स्थिर खड़ा रहता हूं, न जन्मता या मरता रहता हूं। यह सबका अन्त है।'[4] सन्त आगस्टाइन ने, जो नव-प्लेटोवाद में डूबे हुए थे, निर्विशेष (एब्सोल्यूट) या परम सत्ता की परिभाषा निषेधात्मक शब्दों में दी है : "ईश्वर को अवर्ण्य भी नहीं कहा जा सकता, क्योंकि ऐसा कहना भी उसके विषय में एक दावा करना है। वास्तविक सत्ता, अप्रतिबद्ध इन्द्रियातीत है और प्रतीक-रहित किसी भाषा द्वारा ही पकड़ में आ सकती है।"[5]

---

1. मौनव्याख्याप्रकीर्त्तितपरब्रह्म-तत्वम्। —दक्षिणमूर्ति स्तोत्र
2. द्विरूपं हि ब्रह्मावगम्यते,
नाम-रूप-बिकार-भेदोपाधिनिशिष्टम्, तद्विपरीतं सर्वोपाधिवर्जितम्।
3. एष ह्येव शून्य एष ह्येव तुच्छ एष ह्येवाव्यक्तोऽदृश्यनिन्त्योनिर्गुणश्च।
4. उदान, 80 (उडवर्ड)।
5. अपने निबन्ध 'दि रिलीजस सिम्बल इन डाइडालस' (1958) पृ० 14-15, 20 पर प्रोफेसर पाल तिल्ली (Paul Tillich) कहते हैं: "दैवी आत्माएं (देवता) और परमात्मा उनके प्रतिनिधित्व हैं जिनका अन्तिम रूप से धार्मिक कृत्य में हवाला दिया जाता है। वे प्रतिनिधित्व इसलिए हैं कि अप्रतिबद्ध, इन्द्रियातीत जीवात्मा की प्रत्येक सम्भव प्रतिस्थापना को पार कर जाते हैं—यहां तक कि परमात्मा की प्रतिस्थापना को भी। जहां तक ऐसी किसी सत्ता का अस्तित्व मान लिया जाता है, वहां तक उसका भी धार्मिक कृत्य में लय हो जाता है। इस लय में, इस निर्वाण में, धार्मिक कृत्य में निहित इस नास्तिकता में धार्मिक कृत्य का गहनतम पक्ष व्यक्त है। क्वीन मैब में शैली ने कहा है कि

भारत का लोक-धर्म प्रार्थना, भक्ति एवं उत्सर्ग द्वारा एक मूर्त ईश्वर की पूजा है।

संघटित धर्म सामान्य मानव को ईश्वर के अस्तित्व के प्रति ऐसी श्रद्धा से अनुप्राणित करने की चेष्टा करते हैं जैसा कि उस सम्प्रदाय या धर्म-विशेष में, अथवा उसके स्थापन-कर्ता में व्यक्त होता है। वे एक ऐसा अनुशासन—यम-नियम—भी निर्दिष्ट करते हैं जिससे कोई भी परमात्मा को प्राप्त कर सकता है। भारतीय चिन्तक हमें याद दिलाता है कि ईश्वर समस्त धार्मिक प्रणालियों या सम्प्रदायों के ऊपर है। वह अनन्त और सीमा के परे है, यद्यपि धर्मशास्त्री उसे सीमा में बांधने की चेष्टा करते हैं।

जिस ढंग पर हम परमात्मा का वर्णन करते हैं, उसका निश्चय हमारी आयु, हमारी परम्परा तथा निजी लालन-पालन से होता है। काल संस्कारित करता हैं और जो कुछ आयु से धवल है, हमारे लिए वही पुनीत हो जाता है। इस प्रकार भारत के लोगों के देवी-देवता परमात्मा से सम्बद्ध हो गए। परन्तु बल निरन्तर आन्तरिक दृष्टि तथा श्रेय पर ही दिया जाता रहा है।

सत्ता या परमात्मा को समझने में तर्क-बुद्धि की क्षमता का महत्त्वपूर्ण सीमाकरण अनुभव की प्रकृति के बुद्धिपरक अन्वेषण के प्रतिकूल नहीं है। जब एफ० एच० ब्रैडले ने उपहास के स्वर में कहा था कि 'अध्यात्म-विद्या, जो कुछ हम सहज वृत्ति से विश्वास करते हैं उसे ही कुतर्कों से पाने की चेष्टा है' तो ऐसा कहकर उन्होंने यही सुझाया कि हमारे गहनतम विश्वास को तर्क-बुद्धि प्रमाणित करती है। यही एकमात्र मार्ग है जिससे हम अपने विश्वासों के लिए निश्चित आधार प्राप्त कर सकते हैं। इलहाम या श्रुति-प्रकाश यद्यपि अनुभवों को स्वयं ही प्रमाणित करते हैं किन्तु वे आत्मगत कामना-पूर्ति मात्र हो सकते हैं अर्थात् व्यक्ति द्वारा ही उन उद्देश्यों का प्रक्षेपण हो सकता है। जहां तक देवताओं का सम्बन्ध है, जिन्हें चढ़ावे चढ़ाए जाते हैं, उनके विषय में कुछ मीमांसकों का कहना है कि वे शब्दों की प्रकृति-मात्र हैं और शब्दों के द्वारा ही पहिचाने जाते हैं, या फिर वे मानस-सृष्टियां हैं।[1] परस्पर-विरुद्ध अनुभवों के साथ, प्रबल आत्मपरक विश्वास भी लगे हुए हैं। अपने निरीक्षण में हाब्स ठीक है कि किसी मनुष्य का यह कहना कि ईश्वर ने उसे किसी स्वप्न में कहा है, 'इससे ज्यादा और कुछ अर्थ नहीं रखता कि उसने यह स्वप्न देखा कि ईश्वर उससे कह रहे हैं।'[2] किसी अनुभव की प्रामाणिकता का निर्णय बौद्धिक विचारणाओं द्वारा ही किया जा सकता है।

यहां कोई ईश्वर नहीं है। किन्तु उसीने एक टिप्पणी भी जोड़ दी : 'इस निषेध से केवल यह समझना चाहिए कि वह केवल सर्जनकर्ता देवता को प्रभावित करता है। जगत् के सहित नित्य तथा व्यापक आत्मा की परिकल्पना अकाट्य बनी रहती है।' "

1. शब्दामका एव देवता शब्दबोध्या वा मनःकल्पितरूपा वा देवताः स्वीकार्याः।—मीमांसा, 21-22
2. लेविग्रेथन (एवरीमैन संस्करण), पृ० 200

समस्त संसार में ऐसे बहुत-से लोग हैं, जो बड़ी गहराई और भावोद्रेक के साथ उन दुर्वृत्त भूत-प्रेतों में विश्वास करते हैं जिनका उनकी कल्पना के बाहर कभी अस्तित्व नहीं रहा। तर्क-बुद्धि के उपयोग से ही हम ऐसे विश्वासों का तिरस्कार कर सकते हैं। प्रोफेसर एच० द उल्फ 'ऐसे दुर्वृत्त देवताओं की पूजा' के विषय में लिखते हैं—'उनमें अस्तित्वपरक निष्ठा का अभाव नहीं रहा है। उनके कल्पित आदेशों के पालन में हज़ारों ने उपवास किए हैं; अपने को जला डाला है; चोटियों से कूद पड़े हैं; लज्जा का बोझ उठाया है; अन्धश्रद्धा के साथ युद्ध किए हैं और अपने बच्चों की बलि दे दी है। तब क्या हम उस बुद्धि के उपयोग की निंदा करेंगे जिससे महत् लोक-समूहों ने यह सीखा है कि ऐसे देवता स्थित नहीं हैं और इसके फलस्वरूप उनके अत्याचार से उनको मुक्ति मिल चुकी है।'[1] भले ही परमात्मा की पकड़ के साधन के रूप में तर्क-बुद्धि पर्याप्त न हो, किन्तु ऐसी पकड़ या कल्पना के दावे के समीक्षक-रूप में यह निश्चय ही उपयोगी है।

तर्क-बुद्धि के प्रयोग द्वारा भारतीय धार्मिक चिन्तन ने धर्म को सुधार-विरोध से मुक्त कर रखा है और श्रद्धा को मूढ़ विश्वासों से ऊपर पहुंचा दिया है। यदि हम स्वयं पिशाच-पूजा करते हों और दूसरों की इसके लिए निन्दा करें तो यह शैतान द्वारा पाप को झिड़कने के समान होगा। पौराणिक विश्वास एवं मूढ़ाग्रह एक बन्द और स्थिर धर्म की विषय-सामग्री हैं। सत्ता का सहज अन्तर्दर्शन ही, जो विषयगत एवं रूपग्राही उपकरणों को लांघ जाता है, उनमें जीवन और अर्थ उत्पन्न करता है।

किसी पुरातन उपनिषद् में कहा गया है कि हम श्रवण, मनन एवं निदिध्यासन द्वारा परम सत्ता में अन्तर्दृष्टि प्राप्त कर सकते हैं। पहिला हमें शास्त्रवाणी देता है; दूसरा एक बौद्धिक पकड़ देता है और तीसरा वह पथ दिखाता है जिसपर चलकर हम श्रवण एवं मनन किए हुए सत्य को अपने अन्दर उपलब्ध या ग्रहण करते हैं। इन तीनों बातों पर प्रथम तीन ब्रह्मसूत्रों में विचार किया गया है और चौथे सूत्र में अधिकार, तर्क एवं जीवन के सामञ्जस्य का निर्देश है।

आज हम खड़ी चट्टान के सिरे पर रह रहे हैं। अणु एवं उद्जन-बमों की प्रगति ने हमारे विचार पर अधिकार कर रखा है और हमारे अन्तःकरण को पीड़ा दे रहे हैं। संयुक्त राज्य अमरीका के एक महान अणु-वैज्ञानिक ने जब प्रथम आणविक विस्फोट देखा, जहां धरित्री से लपटें और धुआं उठकर न्यू मेक्सिकीय नगर के वातावरण को स्पर्श कर रहे थे तो कहा कि उसे भगवद्गीता की याद आ रही है। उसने गीता को उद्धृत किया—"आकाश में हज़ार सूर्यों के एकसाथ उदय होने से जो प्रकाश होगा वह भी उस परमात्मा के प्रकाश के सदृश कदाचित् ही होगा।...मैं लोकों का नाश करनेवाला प्रवृद्ध महाकाल हूं और इस समय इन

1. दि रिलीजन रिवोल्ट अगेंस्ट रीजन, पृ० 115।

लोकों को नष्ट करने के लिए प्रवृत्त हुआ हूं।"[1] उद्जन-बम का प्रभाव तो उससे भी कहीं अधिक भयानक है। मेरा खयाल है कि उनकी यह असीम विनाशक शक्ति युद्ध के लिए बहुत बड़ी प्रतिरोधक सिद्ध होगी। किन्तु असीम संत्रास की धमकियों से हम मानवीय प्रकृति की निम्न प्रेरणाओं—भय, लोभ एवं घृणा—को प्रोत्साहन दे रहे हैं।

भारतीय चिन्तनधारा की यह एक सुपरिचित धारणा है कि मानवीय हृदय पुण्य और पाप के कालजीर्ण संघर्ष की दृश्यपटी है। दुर्बलता और अपूर्णता इसपर छापा मारते रहते हैं। किन्तु वह उच्च पराक्रम एवं रचनात्मक प्रयत्न की भी योग्यता रखता है। मनुष्य जीवनदायिनी एवं मृत्युकारिणी प्रेरणाओं का मिश्रण है, ऋग्वेद के शब्दों में 'यस्य छाया अमृतम् यस्य मृत्युः'—जिसकी छाया अमरता और मरण (दोनों) हैं।[2]

महाभारतकार कहते हैं :

अमृतं चैव मृत्युश्च द्वयं देहे प्रतिष्ठितम्।
मृत्युरापद्यते मोहात् सत्येनापद्यतेऽमृतम्॥

अमरता एवं मृत्यु दोनों मानव की देह में निहित हैं। मोह का अनुसरण करके वह मरण को प्राप्त करता है; सत्य का अनुसरण करके वह अमृत को, अमरत्व को पाता है। हम लोग 'हितोपदेश' के उस पद्य से परिचित हैं जिसमें कहा गया है कि भूख, निद्रा, भय और काम मनुष्य एवं पशु में समान हैं। मनुष्य को जो वस्तु पशु से अलग करती है; वह उसका धर्म है, पाप-पुण्यविवेक है।[3] जीवन और मरण, प्रेम एवं हिंसा प्रत्येक संघर्षशील मानव में युद्धरत हैं।

आधुनिक मनोविज्ञान इस सत्य को तकनीकी शब्दावली में दोहराता है। प्रत्येक मानव-प्राणी में दो प्रकार की आत्मप्रेरणाएं होती हैं: एक वह जो परिरक्षण एवं एकीकरण करती है। इसे 'इरोटिक इंसटिंक्ट्स' (रतिप्रवृत्ति) कहते हैं। यह शब्द प्लेटो द्वारा प्रयुक्त 'इरोज़' (काम-रति) के भावार्थ पर बना है। दूसरी प्रेरणा वह है जो नष्ट करती है और मारती है, जिसे आक्रामक या विघटनात्मक प्रेरणाएं कहा जाता है। मरण-प्रेरणा प्रत्येक जीवित प्राणी में होती है, जो उसके

---

1. दिवि सूर्यसहस्रस्य भवेद्युगपदुत्थिता।
यदि भाः सदृशी सा स्याद्भासतस्य महात्मनः॥
कालोऽस्मि लोकक्षयकृत्प्रवृद्धो,
लोकान्समाहर्तुमिह प्रवृत्तः।
ऋतेऽपि त्वां न भविष्यन्ति सर्वे
येऽवस्थिताः प्रत्यनीकेषु योधाः॥ —अध्याय 11, श्लोक 12-32

2. 10, 10, 121।

3. आहारनिद्राभयमैथुनं च सामान्यमेतत् पशुभिर्नराणाम्।
धर्मो हि तेषामधिको विशेषो धर्मेण हीनाः पशुभिः समानाः।

विनाश में प्रवृत्त रहती है। यह रति-प्रेरणा के, जो जीवन को बनाए रखने का कार्य करती है, प्रतिकूल कार्य करती रहती है। ये दो प्रकार की प्रेरणाएं सर्वथा अलग-अलग काम नहीं करतीं। वे एक-दूसरे से मिश्रित हो जाती हैं—जैसे कि यम की काली दुहिता—यमुना नदी का जल शिव की जटिल केशराशि से निकली गंगा के जल में मिल जाता है। कभी-कभी आदर्शवादी प्रवृत्ति से भी विनाशक प्रेरणाओं को शक्ति मिलती है। साधारण जन दयालु एवं उदार, मैत्रीयुक्त और सहयोगपूर्ण होते हैं किन्तु प्रचार एवं मत-शिक्षण से हम उनके जीवनीय निर्झरों को सुखा देते हैं, विनाशक प्रेरणाओं को सक्रिय कर देते हैं और उन्हें सामूहिक प्रसाद की सीमा तक उठा देते हैं। इतिहास की क्रूरताएं श्रेष्ठ कार्यों के नाम पर सम्पादित की जाती हैं। उदाहरणस्वरूप 'इनक्विजशन' की क्रूरताएं विनाशक प्रेरणाओं का ही परिणाम थीं और ये विनाशक प्रेरणाएं धर्म के नाम पर सम्पादित की जाती हैं। पुराकाल में मनुष्यों को युद्धज्वर से संक्रमित कर दिया जाता था। ऐसा स्वातन्त्र्य एवं जनतन्त्र, सम्मान एवं न्याय के लिए किया जाता था। ये बड़ी बातें सत्ता के प्रलोभन, धार्मिक कट्टरता तथा प्रजातिगत विद्वेष के लिए की जाती थीं। इसीलिए सब युद्धों को न्याय्य एवं पवित्र माना जाता था।

इस प्रकार के प्रवृत्तिगत जीवन पर बुद्धि का क्रमिक नियन्त्रण स्थापित करना ही सभ्यता है। यह ऐसे स्वतंत्र विचारकों का कर्तव्य हैं, जो दबाव या धमकियों के आगे नहीं झुकते, और जो सत्यान्वेषण में उत्साह रखते हैं कि वे सामूहिक भावना को प्रोत्साहन दें और आक्रामक प्रवृत्तियों के बल को घटाएं। जब हम यह खयाल करते हैं कि इस समय राष्ट्रों के पास जो अमित शक्ति है, वही युद्ध के लिए प्रतिबन्धक सिद्ध होगी, तो हमारी दृष्टि में वह लघु नरपशु, 'पुरातन आदम' है जो प्रत्येक मानव-वक्ष के अन्दर सोया हुआ है। मानव के जितने भी मनोभाव हैं, उनमें उसके स्वातन्त्र्य से सबसे कम संगति रखने वाला तथा उसे सबसे अधिक गिरानेवाला भय है। मानवों के हृदयों में भीषण भय की प्रतिष्ठा करके हम उनके नैतिक मानों को विकृत एवं भ्रष्ट करते और उनके मानस को नष्ट कर देते हैं। लन्दन का एक स्कूली अध्यापक लिखता है :

> "बस में जब मैं स्कूल आ रहा था तो मैंने अपने एक नन्हे छात्र (आयु 11 वर्ष) से पूछा कि बड़ा होने पर वह क्या करने की इच्छा रखता है। उसने उत्तर दिया, 'महोदय! मुझे इसकी चिन्ता करने की आवश्यकता नहीं है, क्योंकि तब तक कोई ऐसी जगह ही नहीं बचेगी जिसपर हम खड़े हो सकें।' "[1]

स्नायु की निष्क्रियता एवं वातोन्मादी प्रक्रिया आत्मा एवं संस्थाओं तथा जीवन की उस प्रजातान्त्रिक प्रणाली में श्रद्धा के अभाव से होती है जिसे हम जीवन

1. आर० आर० विल्स (बोब्रुक स्कूल), प्यूपिलटन, यारमेस्टरशायर : 'लन्दन टाइम्स', 5 अप्रैल, 1754।

से भी अधिक मूल्यवान मानते हैं। जीवन की प्रजातान्त्रिक प्रणाली क्या है? भली निष्ठा, सहिष्णुता, अपने मत से भिन्न मन के प्रति आदर तथा सबके लिए समान न्याय, अपने विचार प्रकट करने की शक्ति, अपने अन्तःकरण के अनुसार चलने की सामर्थ्य, जो कर्तव्य समझ में आता है उसे करना, एक ऐसे शासन-तले रहना जिसे बनाने-बिगाड़ने में उसका हिस्सा है, ऐसे कार्यों एवं सुधारों की ओर प्रगति जिसमें उसकी निष्ठा हो, फिर चाहे वे शासकों के लिए कितने ही अप्रिय हों—इत्यादि बातें इसमें सम्मिलित हैं।

हमारी बहुतेरी कठिनाइयां इस तथ्य के कारण कि दमित जातियां वही स्वतन्त्रता मांग रही हैं जिसे हम स्वयं इतना मूल्यवान मानते हैं। एशिया और अफ्रीका में जो अशान्ति है, वह इस बात का प्रमाण है कि प्रजातन्त्र प्रगति कर रहा है, मर नहीं रहा है। यदि हम अपने इस कथन में सचमुच विश्वास रखते हैं कि सभी मानव समान पैदा होते हैं तथा सभी व्यक्ति जाति, धर्म, प्रजाति एवं राष्ट्र की भिन्नता के बावजूद जीवन, स्वातन्त्र्य तथा आनन्द के मार्ग पर चलने के समान अधिकारी हैं; यदि हम धर्म के इन सिद्धान्तों को गम्भीरतापूर्वक मानते हैं कि हम एक-दूसरे के लिए हैं और ईश्वर में यहूदी या मूर्तिपूजकों, यूनानी या बर्बर का कोई भेद नहीं है; यदि हम संयुक्त राष्ट्र के चार्टर के सिद्धान्तों की पूर्ति के लिए उत्सुक हैं; यदि प्रजातन्त्र में हमारी निष्ठा केवल ऊपरी नहीं है, अपितु हार्दिक है तो उन समस्याओं के प्रति हमार आचरण बिलकुल दूसरे ही प्रकार का होगा, जो आज दुनिया को विभाजित किए हुए हैं। तब हम उन लोगों के साथ खड़े होंगे जो औपनिवेशिक पराधीनता, आर्थिक उत्पीड़न तथा प्रजातीय—रेशियल—भेदभाव से पीड़ित हैं और हम उनकी वे कठिनाइयां दूर करने में उनकी मदद करेंगे, जो उनके जीवन को पंगु किए हुए हैं। ये समस्याएं ऐसी हैं जो साम्यवाद से स्वतन्त्र हैं। वे स्वाभाविक, देशी और उचित हैं। हमें एशिया एवं अफ्रीका की दलित जातियों के विद्रोह एवं क्रान्तियों का निर्भय होकर सामना करना होगा। यदि इसके विपरीत हम शोषकों की रक्षा और शोषितों की निन्दा करेंगे; यदि हम विशाल जन-समूहों का बलात् एवं भयपूर्वक शासन करने का उपक्रम बनाए रहेंगे; यदि हम संसार के निरानन्द, दुखी लोगों को आशा एवं विश्वास से रहित रखने में एक-दूसरे की प्रतियोगिता करेंगे, तो विश्व की परिस्थिति के लिए स्वयं ही ज़िम्मेदार एवं निन्दा के पात्र होंगे। यदि सम्पूर्ण विश्व एक दबाव के नीचे जी रहा है तो वह सिर्फ इसलिए कि हम ठीक बात करने में हिचकिचाते और समझौता करते रहते हैं।

बिना कीमत चुकाए हुए हमें शान्ति नहीं मिल सकती। कीमत सिर्फ उन्हें चुकानी है जिनके पास देने के लिए कुछ है। जिनके पास सत्ता है, सम्पत्ति है; उन्हें अपनी सत्ता का प्रयोग लोगों को दबाने और धन का प्रयोग उनको भ्रष्ट करने के लिए नहीं करना चाहिए। सत्ता और सम्पत्ति राष्ट्रों से भी उसी प्रकार विदा हो जाती हैं जिस प्रकार वे मनुष्यों के हाथ से निकल जाती हैं। असीरिया,

बैबिलोन, क्रीट, मिस्र, यूनान, रोम एवं स्पेन के उदाहरण हमारी आंखों के सामने उठ खड़े होते हैं। एक राष्ट्र जो कुछ सब राष्ट्रों की सर्वश्रेष्ठ विरासत के लिए दान करता है—साहित्य के लिए, कला के लिए, विज्ञान के लिए, शासन के लिए, स्वातन्त्र्य एवं प्रजातन्त्र के लिए, उसीसे वह जीवित रहता है।

राष्ट्रीय एवं वैचारिक संघर्षों में हमें खतरनाक सैनिक समाधान नहीं, वरन् स्थायी मानवीय समाधान खोज निकालना चाहिए। हम संसार के लोगों को काले और गोरे में नहीं विभाजित कर सकते। ये तीव्र प्रजातिगत भेद, जो मानवता के महत् खण्डों के लिए घृणा की भावना जगाते हैं, मानव-सम्बन्धों के लिए पर्याप्त नहीं हैं। प्रत्येक देश के सामान्य मानव हमारी तरह ही होते हैं, मामूली इंसान, जो अपने दैनिक काम पर जाने की इच्छा रखते हैं; अपने बच्चों के लिए जो कुछ अच्छे-से-अच्छा हो सकता है, करते हैं; अपना बाग-बगीचा लगाते हैं और अपने पड़ोसियों के साथ शान्ति से रहते हैं। यदि उनमें से कुछ स्वेच्छा से अपनी सरकारों के हाथ अस्त्र बन जाते हैं, तो उनसे कहीं ज़्यादा लोग अनिच्छापूर्वक उनके शिकार होते हैं। जो हमारे विरुद्ध हैं उनको भयानक विपत्ति की धमकी देने के बदले, हमें उनकी उच्च प्रकृति को ऊर्जस्वित करना चाहिए। हम भले एक-दूसरे को प्यार या पसन्द न करें, परन्तु हम एक-दूसरे से, कम-से-कम, बात तो करें, एक-दूसरे को समझने की कोशिश तो करें। हमें दूसरों के स्थान पर अपने को रखना सीखना होगा, और यह अनुभव करना होगा कि उनके मन में क्या आता है।

यह स्मरण रखना अप्रासंगिक नहीं होगा कि क्रूस अन्तिम विजय का, जीवन द्वारा मृत्यु के निगल लिए जाने का चिह्न है। यह घोषित करता है कि समझदारी और करुणा आग और तलवार से कहीं ज़्यादा शक्तिमान हैं। 'विनीत लोग भाग्यवान हैं,'—वे जो सहनशीलता, विनम्रता, समझ और प्रेम रखते हैं।

ईसा ने कहा : "मेरे पिता के घर में अनेक हवेलियां हैं।" किसी राष्ट्र को यह मान लेने की आवश्यकता नहीं है कि उसे ईश्वर ने प्राणियों पर शासन करने के लिए बनाया है। यदि ऐसे लोग हैं जो हमसे भिन्न विचार रखते हैं तो हमारा कर्तव्य उनसे लड़ना नहीं है बल्कि पुनर्निर्माण में उनकी सहायता करना, उनकी आंखें खोलना, उन्हें उनके कार्यक्रम की अनुत्पादकता दिखाना और उन्हें मानवात्मा के समृद्ध क्षितिज से परिचित कराना है। हो सकता है कि हमें बहुत ज़्यादा विद्वेष और अपकथन का सामना करना पड़े किन्तु जीवन की प्रजातात्त्विक प्रणाली का तकाज़ा है कि हम उदारता और समझदारी से काम लें। कीर्ति युद्ध में नहीं, मेल-जोल में है। चूंकि संसार की कोई सरकार यह नहीं चाहती कि हम सब एक सर्वनिष्ठ दुर्घटना के शिकार हों, इसलिए हमें समझौते की कोशिश करनी ही चाहिए। यदि समझौता असम्भव है, तो शान्ति भी असम्भव है, किन्तु शान्ति का अभिप्राय शत्रु के आगे कन्धे डाल देना नहीं है। समझौता तुष्टीकरण नहीं है; न बम गिराने में कोई राजनीतिमत्ता है। कठिनाइयां तो आएंगी, परन्तु उनका सामना करना होगा; उनपर विजय प्राप्त करनी होगी। हो सकता है कि हम

तुरन्त उनको हल न कर सकें। हमें कठिनाइयों के साथ जीना सीखना होगा। संसार को अचानक या जादू की तरह बदला नहीं जा सकता। मानवीय प्रगति लम्बी कालावधियों को अपनी गोद में समेटे चलती है। असहिष्णुता या उत्साहहीनता की आवश्यकता नहीं है। असफलता के कारण क्रोध नहीं आना चाहिए। त्रुटि कोई अपराध नहीं है : यह केवल तरुणाई है, अपरिपक्वता है। नीत्शे कहता है, "जब कोई वृक्ष स्वर्ग (आकाश) को छूता है तब उसकी जड़ें नरक (पाताल) में पहुंचती हैं।" स्वर्ग-नरक के बीच कोई द्वैत-भाव नहीं है। विरोध विकास की उच्चतर एवं निम्नतर श्रेणियों के बीच है। जब हमारी दृष्टि पाप-पुण्य के धूमिल क्षितिज को पार कर जाएगी, तब हम दुर्बलों की दुर्बलताओं के साथ नम्र व्यवहार करेंगे, और केवल अपने साथ कठोरता बरतेंगे।

बिना कर्म के निष्ठा रिक्त है। हम उन लोगों को तो प्रजा-सत्तात्मक स्वतन्त्रता देने को तैयार नहीं हैं जो उनसे रहित हैं। हम अपने विरोधियों, शत्रुओं के साथ व्यवहार करने में प्रजातान्त्रिक भावना अपनाने को तैयार नहीं हैं। यदि विश्व में बर्बरता का प्रसार रोकना है तो अपने ही आदर्शों के प्रति हमारी जो अनिष्ठा है, उससे हमें बचना होगा।

जैसाकि फ्रांसीसी कहावत है, युद्ध इतना महत्त्वपूर्ण है कि उसे सेनापतियों के हाथ में नहीं सौंपा जा सकता, वैसे ही कहा जा सकता है कि शान्ति इतनी नाज़ुक चीज़ है कि वह राजनीतिज्ञों के हाथ में नहीं सौंपी जा सकती। एक ऐसे सार्वदेशिक या विश्व-समाज की रचना के अपने मिशन के प्रति प्रज्ञावानों को जागरूक होना चाहिए, जो सचमुच मुक्त और प्रजातन्त्रात्मक हो और जिसका आधार मानवता की अनर्ध्यता हो। हमारे युग की वेदना से समस्त मानव-जाति की एक नई एकता जन्म ले रही है, जिसमें मानव की मुक्त प्रेरणा को शान्ति एवं सुरक्षा प्राप्त होगी। यह हमारी सामर्थ्य के अन्दर है कि हम उस भय का उन्मूलन कर दें जो मानवता को आच्छादित किए हुए है और भावी विनाश से दुनिया को बचा लें। इसके लिए हमें मन को सार्वभौम सांचे में ढालना पड़ेगा : मन, जो जातियों को एक-दूसरे से परिचित कराने और एक ऐसी निष्ठा को विकसित करने में समर्थ हो, जो भय का एकमात्र प्रतिषेधक है। हमारी सभ्यता के प्रति जो संतर्जना है, उसका सामना चेतना के गहनतर स्तरों पर ही किया जा सकता है। यदि हम सत्ता और आत्मभावना (स्पिरिट) के बीच के संघर्ष को मिटाने में असफल होते हैं, तो हम उन शक्तियों द्वारा नष्ट कर दिए जाएंगे जिनका सृजन करने का ज्ञान तो हमें था किन्तु उन्हें नियन्त्रित करने का विवेक न था। इस नवीन प्रयास के लिए हमें धार्मिक सार्थकता की चेतना की आवश्यकता है।

ऋग्वेद में, जो हमारी सबसे प्राचीन साहित्यिक कृति है, हमें उस प्रारम्भिक काल के भारत का चेहरा दिखाई पड़ता है जब यह उष:काल ही था, जिससे प्रकाशमान दिन का उदय हुआ है। उन प्रारम्भिक लेखकों के लिए साहित्य आध्यात्मिक साधना का परिणाम था, जिसमें मनोभावों का परिष्करण एवं समस्त

स्वार्थमूलक भावों का तिरोधान है। यह अनुभव ऐसे ज्वर के समान है, जिसमें मन आग में प्रज्वलित हो रहा है और आत्मा उत्फुल्ल है। वे साहित्यिक कलाकार, जो अपने मन एवं हृदय में मुक्त हैं, उसे अज्ञात विश्व-ऐक्य के प्रवक्ता हैं, जो भय, लोभ एवं घृणा पर नहीं, अपितु उसे वस्तु पर आधारित होगा जो मानव में शाश्वत है—भावना, जो पुण्य की भूखी-प्यासी है, और जिसे सुनना ही होगा।

सार्वभौम ब्रह्म जागतिक उपक्रमों को लांघ जाता और आनुभविक जगत् की श्रेणियों को पार कर जाता है। इसीलिए इसे अनिर्वचनीय तथा अचिन्त्य कहा गया है। यह अरूप है, फिर भी समस्त रूपों का स्रोत है। नैसर्गिक छोर से ब्रह्म-जगत्पति, नटराज, बन जाता है।

नटराज की मूर्ति विशुद्ध, निर्विशेष, सत्ता का, जो मूर्ति के पीछे पर्दे के अन्दर खड़ी है और जिसके सामने बेलपत्रों की एक माला टंगी हुई है, प्रतीक है। नटराज समस्त ब्रह्माण्ड के स्वामी का प्राकट्य है। वह विशुद्ध ब्रह्म से भिन्न, उसके अवतरण का परिपूर्ण विग्रह है और लय, क्रिया तथा गति का प्रतीक है। ईश्वर एक सर्जक कलाकार है।

जहां तक अभिव्यक्तियों की बात है, विभिन्न पक्ष विभिन्न प्रतीकों द्वारा प्रकट किए गए हैं। इससे पूजा के अन्य प्रकारों की स्वीकृति की गुंजाइश है। एक मध्यकालीन भारतीय रहस्यवादी सन्त ने लिखा है : "विभिन्न दीपकों में विभिन्न प्रकार के तैल हो सकते हैं, वर्त्तिकाएं भी विभिन्न प्रकार की हो सकती हैं किन्तु जब वे प्रज्वलित की जाती हैं तो हमें एकसमान लौ और प्रकाश मिलता है।" राह कोई भी हो, यदि हमारा प्रयत्न सच्चा है, तो हम मंज़िल पर, लक्ष्य पर पहुंच जाते हैं।

सच्चा धर्म वह नहीं है जो हम बाहर से, ग्रन्थों से और शिक्षकों से प्राप्त करते हैं। हम अभ्यासवश जो कुछ ग्रहण करते हैं, उस दैनिक कार्य से धर्म का सम्बन्ध नहीं है। यह प्रत्येक मानवात्मा की उत्थानेच्छा है, यह जो अपने को किसी व्यक्ति के अन्तर् में उद्घाटित करती है; जो किसीके जीवन-रक्त से निर्मित होती है। यह हमारी प्रकृति की निष्पत्ति है, जिसमें ऐसा आनन्द है जो जगत् की सेवा के लिए उमड़कर बहने लगता है।

नन्द 63 प्रसिद्ध शैवभक्तों में एक थे। यद्यपि वह जाति-बहिष्कृत थे किन्तु अपनी प्रगाढ़ भक्ति से 'नायनार' हो गए और एक सन्त के रूप में पूजे जाते हैं। ऐसे लोगों की महत्ता से धरित्री उज्ज्वल एवं प्रकाशित होती है—ऐसे लोगों की जो अल्पारम्भ से उठकर भक्ति की उच्च भूमिकाओं पर पहुंचते हैं। नन्दनार की कथा प्रकट करती है कि जाति-अजाति की भेद-रेखा, वास्तविक धार्मिक प्राणी के लिए, बिलकुल असमर्थनीय है।

हम चिदम्बरम (दक्षिण भारत) में जागतिक निरर्थकता की अस्वीकृति पाते हैं; यहां पूजा-अर्च्चना के विविध प्रकारों को उचित मान्यता मिली है; यहां मानवीय समानता और विश्व के उर्ध्व विकास में सहभागी होने पर ज़ोर दिया

गया है। ये हमारे देशवासियों के विश्वास और ऊर्ध्वाकांक्षाएं हैं, फिर हममें से कुछ लोग उनके प्रति चाहे कितने ही निष्ठारहित रहे हों। यही अनिष्ठा, यही मिथ्या आत्मतुष्टि, यही स्वच्छन्दता हमारी सामाजिक रचना की दुर्बलता के लिए उत्तरदायी है। हमें सामाजिक, आर्थिक एवं धार्मिक प्रतिक्रिया की निरंकुश शक्ति के विरुद्ध अपनी आवाज़ उठानी चाहिए। जब हम अपनी आन्तरिक अपर्याप्तताओं को निकाल बाहर करेंगे, तभी मानव-कल्याण में महत्त्वपूर्ण भाग लेना हमारे लिए सम्भव होगा।

3

धर्मों की आधारभूत अन्तर्दृष्टि

संसार की वर्तमान संकटपूर्ण विभाजित अवस्था में कदाचित् हमें धर्मों में एक ऐसा उच्चतर बन्धन मिलेगा, जो राष्ट्रों को परस्पर निकट लाने वाला सिद्ध होगा। वैज्ञानिक प्रगति को धन्यवाद है कि दूरियां कम हो गई हैं और यातायात में विकास हुआ है। इस सिमटे जगत् की महत्तम घटना पूर्व की कलाओं, साहित्यों एवं धर्मों का आविष्कार है। यदि हमें अपना विकास सार्वभौम समाज के रूप में करना है तो हमें उन दीवारों को तोड़ना होगा जो पूर्व और पश्चिम को अलग किए हुए हैं और उनकी जगह समझ के पुलों का निर्माण करना होगा। समय शुभ है। हमें संकल्प एवं प्रयत्न की आवश्यकता है।

धर्मों तथा अतीतकाल में उनके पारस्परिक सम्बन्धों का वैज्ञानिक अध्ययन हमें यह अनुभव करने में सहायता करता है कि धर्मों में वही धर्म सच्चा और वास्तविक है जो विशिष्ट और ठोस है। धर्मों की विविधता का आनुभविक तथ्य, जहां प्रत्येक धर्म की अपनी विशिष्ट प्रकृति है, अपना ढांचा है, धर्मों की सर्वातिशायी एकता को हमारी आंखों से ओझल नहीं कर सकता। मानव-जाति के जीवित धर्मों में जो प्रमुख भेद हैं, उनके ऊपर उठा हुआ, दृष्टि एवं तात्पर्य का मूलभूत ऐक्य है, जो समस्त मानव-जाति को अपने अंकों में ले लेता है। यदि हम रोमन कैथलिक से लेकर क्वेकर सम्प्रदाय तक के ख्रीष्टीय विचार की विभिन्न प्रणालियों के बीच, या यूनिटेरियन चर्च से लेकर सैल्वेशन आर्मी के बीच एक सर्वनिष्ठ आधार खोज सकते हैं तो तुलनात्मक धर्म के विद्यार्थी धर्मों का एक सामान्य आधार ढूंढ़ लेंगे। मानव की उद्धार न की जा सकी परिस्थिति, मुक्ति की लालसा, परमात्मा की स्वीकृति और उसे प्राप्त करने के अनेक मार्ग सभी धर्मों में मिलते हैं।

सब धर्म स्वीकार करते हैं कि मनुष्य अपने से किसी महत्तर के सामने है, जो मानव-प्रकृति तथा अन्य सब गोचर पदार्थों के प्रतिकूल, निर्विशेष सत्ता है। यह घटनाओं के जगत् के पीछे एक अत्युत्कृष्ट, ईश्वरीय, जीवेतर सत्ता है। ईश्वर जीव का प्रथम सिद्धान्त है; वह सम्पूर्ण अस्तित्व का स्रोत और सार है।

यह परम सत्ता या परमात्मा, जिसके लिए मनुष्य प्यासा है, निर्विशेष कल्याण भी है। मनुष्य को न केवल उसके होने के ज्ञान की आवश्यकता है वरन् उसके साथ सम्पर्क एवं सामञ्जस्य स्थापित करने की भी आवश्यकता है। इसी शर्त के कारण मनुष्य जगत् में विश्राम का अनुभव करता है। ईश्वर ही जो सर्वोच्च सत्य, पुण्य, सौन्दर्य एवं प्रेम है, मानव का सबसे बड़ा कल्याण है। हम जो नहीं जानते, उसे भी वह जानता है; वह हमारे प्रेम करने की शक्ति के बाहर प्रेम करता है और जब हमारे लड़खड़ाते हुए यत्न असफल हो जाते हैं, तब भी कल्याण की

उपलब्धि की गारण्टी करता है।

यह अनुभवातीत सत्ता (परमात्मा) मानवात्मा में अन्तर्भूत है। मानवात्मा की जड़ ईश्वरत्व है। उपनिषद् के कथन 'तत्त्वमसि' में इसी ईश्वरीय सर्वान्तर्-यामित्व का संकेत है। बुद्ध का तत्त्व प्रत्येक प्राणी में निहित है। ईसा के अनुसार, 'ईश्वर का राज्य तुम्हारे अन्दर है।' सन्त पाल के लिए मानवता परमात्मा का मन्दिर है। सन्त आगस्टाइन के लिए ईश्वर 'मेरे अन्तरतम प्राण से भी अधिक अन्तरंग है।' ईसाई रहस्यवादी 'मानवात्मा की भूमि में ईश्वर के जन्म' की बात करते हैं। यह द्वितीय आदम का सिद्धान्त है। ईसा मानवों की एक नई प्रजाति की प्रथम सन्तति थे। कुरान कहता है कि ईश्वर हमारे कण्ठ की धमनी से भी हमारे अधिक निकट है।

वह बाह्य मानवात्मा में उसकी गुप्त भूमि के रूप में उपस्थित रहता है और शाश्वत तथा अशाश्वत के बीच पुल बनाता है। प्रत्येक मानवात्मा में जो ईश्वरीय स्फुलिंग है उसीसे मानवीय प्रेरणा की महत्ता, सर्जकता तथा असीमती उद्भूत होती है। आत्मा आवश्यकता और काल के दबाव से छूट सकती है। जीव अंशतः नियत, निश्चित है तथा अंशतः निश्चयकारी है। इसमें सृजनात्मक शक्ति है। चूंकि मनुष्य ईश्वर का एक स्फुलिंग है, उसमें सृजनात्मक स्वातन्त्र्य है। सत्य में अन्तर्दृष्टि मानवीय सुख की नींव है। मनुष्य को पूर्णोपलब्धि त्याग, प्रेम एवं सेवा के द्वारा होती है। अपनी आवश्यकताओं के प्रति अनासक्ति एवं वस्तुपरकता विकसित करने और दूसरों की आवश्यकताओं के प्रति पर्याप्त करुणा रखने से हम ईश्वर-समत्व की ओर बढ़ते हैं। महायान बौद्धधर्म में कहा गया है कि महाकरुणा-चित्तम् ईश्वरता का आन्तरिक तत्त्व है और ऐसा हृदय सबके लिए खुला होता है। जीवात्मा (स्पिरिट) की वास्तविक सार्वभौमिकता बहुज्ञता में नहीं, दूर तक प्रेम करने में है। उत्सर्ग, ध्यान, प्रार्थना ईश्वर से मिलने में सहायता करते हैं। सन्त लोग 'निरन्तर प्रार्थना करते हैं', ऐसा सन्त पाल ने कहा है। ओरिजन के अनुसार उनका समस्त जीवन 'नैरन्तर प्रार्थना है।' इसके द्वारा हम न केवल ईश्वर तक पहुंचते हैं वरन् मनुष्य के हृदय में ईश्वर का प्रादुर्भाव देखते हैं। जब सत्य में अन्तर्दृष्टि प्राप्त हो जाती है, वासनाएं पराभूत हो जाती हैं; दुर्भावना मिट जाती है तथा अन्तःसंघर्ष शान्त हो जाता है। जब हमारे अन्दर की चिनगारी मुक्त हो जाती है तो वह अग्नि का रूप धारण करती है और संसार को स्वच्छ करती है। यह मुक्त तभी हो सकती है जब हम अपने संकुचित अहं, लोभ, क्रोध, घृणा सब प्रकार की बन्धनकारी बुभुक्षा एवं वासनाओं को, जो व्यक्ति को उसके मरणशील जीव के अन्दर बन्द कर देती हैं, समाप्त कर देते हैं। प्रत्येक धर्म पूर्णता के लिए एक सीढ़ी देता है जिसपर हमें यत्नपूर्वक चढ़ना है। आत्मोपलब्धि का मार्ग किसी यान्त्रिक चल-सोपान की भांति नहीं है, जो चढ़ते ही हमें, बिना हमारे प्रयत्न किए ही, सिरे पर पहुंचा देता है।

मोक्ष या निर्वाण शाश्वत जीवन से पलायन नहीं है, वरन् जीवन की परिपूर्ण

सम्भावनाओं की सिद्धि, व्यक्तित्व की पूर्णता है। धर्म केवल ईश्वर तक जाने का मार्ग नहीं, मनुष्य को पाने का मार्ग भी है। यह केवल ध्यान, या जैसा कि प्लाटिनस ने कहा था, 'एकाकी का एकाकी से युद्ध' नहीं है। यह सक्रिय सेवा का मार्ग भी है। बोधि प्राप्त करने के बाद, बुद्ध ने लोगों को उस पवित्र सत्य का उपदेश किया, जो उन्हें प्राप्त हुआ था। सुत्तनिपात कहता है कि प्रेम की कोई सीमा नहीं है। 'जैसे कोई मां अपने एकमात्र शिशु की अपने प्रेम से रक्षा करती है, उसी प्रकार बुद्ध के शिष्य सर्वप्राणियों के प्रति असीम प्रेम रखते हैं।'

संसार से दूर रहने में एक प्रलोभन भी है। एक मुस्लिम सन्त, गंगोह वाले अब्दुलकुद्दूस, लिखते हैं, "अरब के मुहम्मद सर्वोच्च स्वर्ग तक चढ़कर लौट आए। मैं ईश्वर की शपथपूर्वक कहता हूं कि यदि मैं वहां तक पहुंचा होता, तो हर्गिज़ लौटकर न आता।" इस संसार का निषेध धर्मों की मुख्य प्रवृत्ति नहीं है। मीस्टर एकहार्ट ने घोषित किया कि यदि कोई अपने परमानन्द में किसी ऐसे रुग्ण मानव को देखता है जिसे शोरबे की ज़रूरत है तो उसके लिए ज़्यादा अच्छा है कि अपने परमानन्द का त्याग करके उस मनुष्य की सेवा करे।

लाओ-त्से कहता है, "हमें अपने प्रतिद्वन्द्वी को 'दया एवं भलाई' के साथ जवाब देना चाहिए।" महाभारत में कहा गया है, "जब कोई शत्रु तुम्हारे घर में प्रवेश करे तो उसे उचित आतिथ्य दिया जाना चाहिए। कोई वृक्ष ऐसे लोगों से भी अपनी छाया नहीं हटाता, जो उसे काटने के लिए आते हैं।" मनुष्य तब तक गतिशील रहने के लिए बाध्य है जब तक आगतिक प्रतिक्रिया सम्पूर्ण प्राणियों की मुक्ति के अपने लक्ष्य को प्राप्त न कर ले।

धर्मात्मा लोग जगत् का सांस्कारिक या कर्मकाण्डीय दृष्टिकोण ग्रहण करते हैं। यह जगत् मनुष्य का कोई व्यक्तिगत स्वप्न नहीं है। जो कुछ यहां है और जो कुछ इसके परे है, उन दोनों के बीच कोई अलंघ्य खाई नहीं है। हमें कालोत्तर तक पहुंचने के लिए इस काल-सीमित जीवन को त्यागने की आवश्यकता नहीं है। ईश्वर यहां भी है और यहां के परे भी है। एकहार्ट ने ऋषि का वर्णन करते हुए कहा है, 'वह सूर्य में दृष्टिपात कर लेने के पश्चात् उस सूर्य को प्रत्येक वस्तु में देखता है।' फाक्स ने ज्ञान होने के बाद पाया कि 'जो कुछ शब्द कर सकते हैं, उससे परे समस्त सृष्टि में दूसरी ही गन्ध है।' धर्मात्मा व्यक्ति इस जगत् में, उसके सम्पूर्ण आघातों को, मन एवं हृदय की शान्ति के साथ सहन करते हुए चलता-फिरता एवं काम करता है। जीवन की विषमताओं के बीच वह समान स्वभाव बनाए रखता है।

आध्यात्मिक अन्तर्दृष्टि, आन्तरिक पवित्रता प्राप्त करने के लिए कुछ आचार एवं रीतियां बताई गई हैं। परन्तु पुराण, रीति, पंथ एवं पूजा तथा मत केवल धर्म के बाह्य वा पदार्थनिष्ठ पक्ष का निर्माण करते हैं। विभिन्न धर्मों में ये भिन्न-भिन्न हो सकते हैं, परन्तु इन सब छद्म परिच्छदों के अन्दर धार्मिक प्रज्ञा प्राप्त करने की प्रवृत्ति है। जो लोग इतिहास की एक विशिष्ट अवस्था में हैं, उन तक

सार्वभौम सत्य पहुंचाने के लिए हमें इन रूपों या प्रकारों को स्वीकार करना होगा। जो कुछ शाश्वत एवं सार्वभौम है, उसे ऐसे रूप में अनूदित किया गया है जो अस्थायी एवं स्थानिक है। परम्परा एवं परिवेश सत्ता के दर्शन एवं उसके प्रकाशन दोनों को सीमित करते हैं। ये अभिव्यक्तियां स्थिर नहीं रह सकतीं। सत्य ऐसा पदार्थ नहीं है कि एक बार सदा के लिए कह दिया गया हो। सत्य अपनी प्रेरणा एवं प्रोत्साहन में ईश्वरीय हो सकता है किन्तु वह होता है सदा मानवीय रूप में। प्रोफेसर ए० एन० व्हाइट हेड कहते हैं : "बाइबिल के साथ कठिनाई उसके व्याख्याकारों की रही है, जिन्होंने असीमता के भाव को ससीम सिद्धान्त में गिराकर बन्द कर दिया है और 'न्यू टेस्टामेंट' (बाइबिल) का प्रथम भाष्यकार, पाल, तो सबसे वाहियात था।"[1]

"उनके फलों (कार्यों) से तुम उन्हें जानोगे, उनके विश्वासों से नहीं।" हमें सभी धर्मों में प्रेम एवं त्याग, सच्चाई एवं वफादारी की भावना मिलती है। सावनारोला ने अपने देशवासियों से कहा था : "यहुदी एवं तुर्क ईसाइयों की अपेक्षा अपने धर्म का कहीं अच्छी तरह पालन करते हैं। जिस रूप में तुर्क ईश्वर के नाम की गवाही देते हैं, उससे ईसाइयों को शिक्षा लेनी चाहिए।" लेसिंग ने अपने ग्रन्थ 'नाथन, दि वाइज़' में लिखा है : "नाथन, नाथन, तुम ईसाई हो; ईश्वर की शपथ, इससे अच्छा ईसाई कोई हुआ नहीं।"[2]

---

1. डायलाग्स आफ ए० एन० व्हाइट हेड।
2. श्री मार्श नाम के एक योग्य वकील बहुत वर्षों तक मद्रास में रहे थे। उन्होंने मिशनरियों से कहा था कि वे हिन्दुओं को उपदेश देने की अपेक्षा उनके चरणों में बैठकर कुछ सीख सकते हैं। सच तो यह है कि उन्होंने हिन्दुओं और उनके धर्म का जो चित्रांकन किया है, अत्यन्त उत्साही हिन्दू भी उसका अनुकरण करना चाहेगा :

"जब मैं अपनी आंखें उस देश की वर्तमान अवस्था अथवा पुरातन महिमा की ओर फेरती हूं; जब मैं उसके भवनों, विशाल पैमाने और विस्तार पर बने उसके सरोवरों पर ध्यान देता हूं जो धरती पर उत्पादकता एवं बाहुल्य बिखेरते हैं; जब मैं परोपकारिता से पूर्ण उसके उन स्मारकों को देखता हूं, जो सुदूर युगों तक अपनी अवधानता का विस्तार करते हैं; जब मैं मन्दिरों के ठोस एवं अलंकृत स्थापत्य, वस्त्र-निर्माताओं की विशद कला, उसके धार्मिक एवं सांसारिक साहित्य, इसकी तड़क-भड़क और मीनाकारी वाली मृद्भाण्डकला (जिसपर एक उद्दाम एवं अमितव्ययी कल्पना ने अपनी सम्पूर्ण उदारता उंडेल दी है) को देखता हूं; जब मैं उन दार्शनिकों, विधिवेत्ताओं एवं नीतिवेत्ताओं की ओर मुंह फेरता हूं जो वासनाओं को अनुशासित करने, और जो पापाचार ब्रिटिश राज्य को डावांडोल किए हुए हैं, उनका निराकरण करने के लिए राजनीतिक एवं नैतिक प्रज्ञा का चमत्कार छोड़ गए हैं; जब मैं कुटुम्बों के शान्तिपूर्ण एवं समन्वयात्मक सहजीवन को देखता हूं, जो गार्हस्थ्य धर्म के सद्गुणों द्वारा सुरक्षित हैं; जब मैं एक प्रसन्न एवं सुव्यवस्थित समाज में धर्म एवं सदाचार के शुभ एवं मृदुलकारी प्रभाव को देखता हूं—उदास एवं परिष्कृत श्रद्धा पर आश्रित शिष्टाचार प्रणाली तथा सामाजिक जीवन की सतह को

सभी धर्मों के सन्त एवं भक्त मिलकर ईश्वर की एक महती अदृश्य जाति का निर्माण करते हैं। यद्यपि वे भूगोल एवं इतिहास की विभिन्न स्थितियों से आते हैं किन्तु उनका इन आधारभूत अन्तर्दृष्टियों में एक समान भाग होता है। वे अपने विचारों में, अपनी भक्ति में विभिन्न हो सकते हैं किन्तु ईश्वर-सम्बन्धी अपनी दृष्टि में सदा एक रहते हैं। जो फूल वे पूजा में चढ़ाते हैं, वे अनेक प्रकार के हो सकते हैं किन्तु पूजा तो एक ही होती है। उनके विचार में कट्टरता और असहिष्णुता आध्यात्मिक अभिमान तथा पथभ्रष्टता के परिणाम हैं। यदि हम स्वातन्त्र्य के उच्चतर स्तरों की ओर प्रगति करना चाहते हैं तो हमें 'जीवात्मा' के बन्धनकारी अहंकार से दूर हो जाना चाहिए।

किसी धर्म का दूसरे धर्मों से सम्बन्ध वही नहीं होता, जो झूठ और सच का होता है, क्योंकि वे सब एक ही सत्य के विविध रूप—चेहरे—हैं; एक ही व्यक्ति के विभिन्न छविचित्र हैं। सन्त यदि दूसरे विचारों को ठीक नहीं समझते तो भी उसे सहन कर लेते हैं। पवित्रतावादी साधु ईज़ाक पेनिंगटन ने कहा है : "सिवाय अन्तिम के, सब सत्य छायामात्र हैं। किन्तु प्रत्येक सत्य अपने स्थान पर तत्त्व या सार है, फिर चाहे वह दूसरे स्थान पर छाया-मात्र ही हो। और छाया सच्ची छाया है, जैसे कि तत्त्व सच्चा तत्त्व है।"

सभी धर्म सच्चे धर्म के तत्त्वों की विविध अभिव्यक्तियां हैं। जो ईश्वर के अस्तित्व को मानते हैं, वे भी ईश्वर के विषय में माननीय विचारों की अपर्याप्तता को स्वीकार करते हैं। नास्तिक जिस चीज़ से इन्कार करता है, वह स्वयं ईश्वर नहीं, ईश्वर का विचार-मात्र है। आस्तिक जिस चीज़ को स्वीकार करता है, वह ईश्वर का विचार नहीं, स्वयं ईश्वर है। जो परिपूर्णता, निर्विशेषता, प्रकेवलता परमब्रह्म की है, उसे उसके ऐतिहासिक रूपान्तरों के पास हमें हस्तान्तरित नहीं करना चाहिए।

फिर धर्मों की भी अपनी वंशावली होती है। उन्होंने दूसरों से बड़ी उदारतापूर्वक ग्रहण किया है। धर्म का आधुनिक प्रत्यक्षवाद धार्मिक प्रतिभासों, रीतियों, प्रणालियों एवं नैतिक मांगों की दुनिया की आश्चर्यजनक समानताओं की ओर इंगित करता है। ईसाइयों के कुमारी से जन्म, त्राणकर्ता ईसा के मरण एवं पुनर्जीवन, पवित्र ग्रन्थ की प्रेरणा, दया की सक्षमता, सुमिरनी का उपयोग, ट्रिनिटी (त्रिदेव) की धाएणा, ईश्वरराज्य, पौरोहित्य, मठों की वैरागी जीवन आदि बातें अनेक धर्मों में पाई जाती हैं और किसी एक ही धर्म की विशिष्टता नहीं है।

सरल एवं अविकृत रखने का ढंग देखता हूं—तो ऐसे लोगों को सभ्य बनाने या धर्म-परिवर्तन कराने के लिए पादरियों के भेजे जाने तथा उनके द्वारा उन संस्थाओं को विकृत करने के प्रयत्न को मैं बिना भयमिश्रित आश्चर्य के नहीं देख सकता—ऐसी संस्थाओं को विकृत करने का प्रयत्न, जिन्हें परमात्मा ने उन्हें गुणवान एवं सुखी बनाने के लिए निर्णीत किया था।"—पी० टामस, 'क्रिश्चियंस एण्ड क्रिश्चियैनिटी इन इण्डिया एण्ड पाकिस्तान' (1954), पृ० 179-80

दैवी माता एवं शिशु, यशोदा और कृष्ण, माता मेरी तथा उसके शिशु, दया की बौद्ध देवी क्वानोन हमें ऐसे प्रतिबिम्ब की याद दिलाते हैं, जिसके सामने सम्पूर्ण मानवता ने नमस्कार किया है। ईसाई धर्म के विषय में बोलते हुए हरबर्ट जे० मुलर कहते हैं: "उद्धारक या त्राता की केन्द्रीय मूर्ति कम-से-कम उतनी पुरानी तो है ही जितना प्रारम्भिक यूनानियों का ट्रीटोज़ सोटर है और वैयक्तिक अमरता का उसका आश्वासन तो उससे भी पुराना, कालरहित मिस्र के इतिहास को प्रतिध्वनित करने वाला है। बैबिलोनिया से स्वर्ग एवं धरती के निर्माता के रूप में ईश्वर की धारणा, फारस से शैतान और परमात्मा की द्वैत-भावना, मिस्र से अन्तिम फैसला, सीरिया से एडोनिस के पुनर्जीवन का नाटक, फ्रीजिया से महामाता तथा यूनान और रोम से सार्वभौम विधि (कानून) की भावना आई है। अत्यन्त प्राचीन काल से, जिसका अनुमान करना भी कठिन है, उसका बप्तिस्मा तथा सम्पर्क (कम्यूनियन) की बातें आई हैं। विविध रहस्य-सूत्रों से इसकी उपासना की बातें—धूपबत्ती, परिधान, मनका, पवित्र जल, जानुनति तथा मन्त्रोच्चार—आई हैं। इस प्राचीन एवं सार्वदेशिक विरासत के बिना ईसाई धर्म विश्व-धर्म होने के अपने दावे को शायद ही स्थापित कर पाता।"[1] अपने उच्चतम रूप में धर्म दूसरे मतों के प्रति निश्चित प्रशंसा का रुख ग्रहण करते हैं।

हिन्दू धर्म

ऋग्वेद से लेकर हमारे समय तक हिन्दू चिन्तन ने इसी दृष्टिकोण को अपनाया है।* अनन्ता वै वेदाः—वेद अनन्त हैं।* उनकी विविध व्याख्याएं की जा सकती हैं। सभी धर्मशास्त्रों के प्रति महान आदर रखते हैं।

धर्म के विषय में बोलते हुए गांधीजी ने कहा था : "यह हिन्दू धर्म नहीं है, जिसकी निश्चित रूप से मैं सब धर्मों से अधिक कदर करता हूं, वरन् वह धर्म है जो हिन्दू धर्म को लांघ जाता है; जो मानव की प्रकृति तक को बदल देता है, उसे अन्तर् के सत्य से अविच्छेद्य रूप से बांध देता है और सदा पवित्र करता है।" जब भारतीयों के धर्मनिरपेक्षता ग्रहण करने की बात कही जाती है तो इसका यह

1. 'दि यूज़ेज़ आफ दि पास्ट' (1954), पृ० 187।

* उन्होंने (शिवाजी ने) यह नियम बना दिया था कि जब भी उनके अनुयायी लूट-पाट के लिए जाएं तो वे मस्जिदों को कोई नुकसान न पहुंचाएं। जब भी उनके हाथ में पवित्र कुरान की कोई प्रति आई तो वे उसे आदर से रखते थे और अपने मुस्लिम अनुयायियों को दे देते थे। जब हिन्दू या मुसलमान की स्त्रियां उनके अनुयायियों द्वारा बन्दी बना ली जाती थीं और स्त्रियों की रक्षा करने वाला कोई उनके साथ नहीं होता था तो वह स्वयं उनकी देखरेख तब तक करते थे, जब तक उनके सम्बन्धी उन्हें छुड़ाने के लिए न आ जाएं।—भारत का इतिहास (औरंगज़ेब के दरबारी इतिहासकार ख़फ़ीख़ां द्वारा लिखित फारसी विवरण से)

* तैत्तिरीय उपनिषद् 2, 10-11

अर्थ नहीं कि वे अधार्मिकता या भौतिकवाद का समर्थन करते हैं। वे सब धर्मों के प्रति यह सम्मान रखते हैं और सब पैगम्बरों का आदर करते हैं। दूसरे धर्मों के प्रति पकड़, यह वृत्ति, अपने धर्म-विश्वास को और गहन तथा समृद्ध बनाती है। सहिष्णुता का अर्थ अपने निज के धर्म के प्रति उदासीनता नहीं है वरन् उसके लिए अधिक विवेक-युक्त तथा अधिक पवित्र प्रेम है। सहिष्णुता हमें आध्यात्मिक दृष्टि देती है, जो कट्टरता से उतनी ही दूर है जितना उत्तरी ध्रुव दक्षिणी ध्रुव से है। धर्म का वास्तविक ज्ञान, सम्प्रदाय-सम्प्रदाय, मज़हब-मज़हब के बीच की दीवारों को तोड़ देता है। दूसरे धर्मों के प्रति सहिष्णुता के आचरण से हमें अपने धर्म का ज़्यादा सच्चा ज्ञान प्राप्त होगा।[1] यह सच है कि हिन्दू धर्म पूजा-अर्चना के कुछ ऐसे रूपों को सहन करता है जो तर्क-बुद्धि की भावना तथा अन्तःकरण की मांग के अनुरूप नहीं हैं, किन्तु ऐसा वह इस आशा से करता है कि हिन्दू धर्म के सामान्य वातावरण में पूजा के ये रूप और ये प्रक्रियाएं मिट जाएंगी। जितनी दूर तक इसकी आशा थी, उतनी दूर तक ऐसा हुआ नहीं है। आज एक कहीं अधिक स्फूर्तिप्रद आध्यात्मिक जीवन की मांग की जाती है।

बौद्ध धर्म

बौद्ध धर्म तो दूसरे धर्मों के प्रति अपने महत् सम्मान के लिए विख्यात है। अशोक ने अपने शासन-काल के दसवें (260 ई० पू०) वर्ष में बौद्ध धर्म को अंगीकार किया था और तब से जीवन के अन्त तक वह बुद्ध का अनुयायी रहा। यह उसका व्यक्तिगत धर्म था और उसने अपनी प्रजा को इस धर्म में परिवर्तित करने का प्रयत्न नहीं किया।

शिलालेख 12 में अशोक घोषणा करता है कि "दूसरों के सब धर्म सम्मान के योग्य हैं। उनका आदर करने वाला अपने ही धर्म का सम्मान करता है; साथ ही वह दूसरों के धर्म की सेवा भी करता है। इसके विपरीत करके वह अपने धर्म को आघात पहुंचाता है और दूसरों के धर्म की भी कुसेवा करता है, क्योंकि यदि अपने धर्म के प्रति निष्ठा के कारण या उसकी यशस्विता के लिए कोई अपने धर्म की बड़ाई और दूसरे धर्म की निन्दा करता है तो वह अपने धर्म को हानि पहुंचाता है। इसलिए केवल ताल-मेल ही श्लाघ्य है : 'समवाय एव साधुः', क्योंकि ताल-मेल से ही दूसरों द्वारा स्वीकृत धर्म की धारणा का ज्ञान और उसके प्रति सम्मान होता है। सम्राट प्रियदर्शी इच्छा करते हैं कि सभी धर्मों के अनुयायी एक-दूसरे के सिद्धान्तों को जानें और उचित सिद्धान्तों की उपलब्धि करें। जो इन विशिष्ट मतों से सम्बद्ध हैं, उनसे कह दिया जाना चाहिए कि सम्राट प्रियदर्शी उपहारों एवं उपाधियों को इतना महत्व नहीं देते, जितना उन गुणों की वृद्धि को देते हैं जो

1. क्लिफर्ड मैंशार्त 'दि महात्मा एण्ड दि मिशनरी' (1949), पृ० 131।

सभी धर्मों के आदमियों के लिए आवश्यक हैं।"[1] वह सच्चे धर्म के विकास—सारवृद्धि—का आकांक्षी था।

हिन्दू एवं बौद्ध चिन्तन में कट्टरता है, किन्तु यह उसका सार-तत्त्व नहीं है। धार्मिक अन्वेषण की गहनता एवं गुण ही वह वस्तु है, जो धर्म का तत्त्व है।

यहूदी धर्म

यद्यपि यहूदी धर्म, ईसाई धर्म और इस्लाम, जिनका ऐतिहासिक मूल एक है, ऐसे धर्म हैं, जिनकी सामान्य प्रवृत्ति अपवर्जना और असहिष्णुता की है, किन्तु इन सब धर्मों में विरोधी प्रकार की प्रवृत्तियों के संकेत भी मिलते हैं। धर्मों की सरलता पर इसरायल के पैगम्बरों ने ज़ोर दिया था। एमोस ने घोषित किया कि यहवा (ईश्वर) रीतिबद्ध उपासना नहीं, बल्कि न्याय और साधुता की परवाह करते हैं। होशिया ने सिर्फ अपनी पवित्रता पर ही नहीं, प्रेम पर भी ज़ोर दिया है। मीकाह सम्पूर्ण मामलों को संक्षेप में यों रखते हैं : "ओ मनुष्य, उसने तुझे दिखा दिया है कि अच्छा क्या है; जो कुछ प्रभु तुझसे चाहते हैं वह यही है कि न्यायपूर्वक कर्म कर, दया को प्यार कर और ईश्वर के सामने विनीत होकर चल।" ईसाया ने यहवा को समस्त मानव-जाति का एकमात्र ईश्वर बना दिया। यद्यपि इसरायली ही उस प्रभु के चुने हुए (प्रिय) जन हैं किन्तु उन्हें चुना इसलिए गया कि वे उसका परिचय समस्त मानव-जाति को करा दें। मलाछी कहते हैं : "सूर्य के उगने से लेकर उसके डूबने तक मेरा नाम जेण्टाइलों में महत् बना रहेगा और हर जगह मेरे नाम के आगे सुगन्ध जलाया जाएगा और कोई विशुद्ध वस्तु पूजा में दी जाएगी।"[2] "क्या हम सबके एक ही पिता नहीं हैं? क्या हमें एक ही ईश्वर ने पैदा नहीं किया है? तब हम एक-दूसरे के प्रति बेवफा क्यों हैं?"[3] एक ही दैवी सत्ता में विश्वास से सब अनुयायियों में यह भाव उत्पन्न होना चाहिए कि वे एक ही बिरादरी के हैं और उन्हें एक-दूसरे के प्रति बन्धुभाव रखना चाहिए। मलाछी धार्मिक प्रान्तीयता तथा अपवर्जना का विरोध करते हैं।

ख्रीष्टीय धर्म

ख्रीष्टीय धर्म यूनान के रहस्यात्मक धर्मों से बहुत अधिक प्रभावित रहा है। जो कुछ अनुभव हुआ उसे विविध प्रतीकात्मक रूपाकारों में व्यक्त किया गया है। क्लीनथेस का सुप्रसिद्ध भजन यह है :

परमश्रेष्ठ हे प्रभुवर, होता कितने ही नामों से तेरा आह्वान।
प्रकृति-राज तुम, जो अनन्त वर्षों में रहते हो समान।

---

1. 'एडिक्ट्स आफ अशोक', नीकम एवं मैककियोन (1958), पृ० 51-52।
2. 1-11।
3. मलाछी 2-10।

सर्वशक्तिमय, निज न्यायादेशों से कर सबको शासित।
ज़ियस, सभी प्राणी सब देशों में करते तुझको वन्दित॥[1]

प्लूटार्क हमें बताता है : "सभी राष्ट्रों के ऊपर एक ही सूर्य और एक ही आकाश है, और अनेक नामों के साथ एक ही ईश्वर है।"

प्रारम्भिक ख्रीष्ट मत की गोप्य प्रकृति थी : इल्यूसिस के रहस्यों से मिलती-जुलती। ओरिगेन गुप्त सिद्धान्तों की बात कहता है जो केवल दीक्षित लोगों को ही सिखाए जा सकते हैं। क्लीमेण्ट का भी ऐसा ही मत है और डायोनाइसियस एरियोपेगाइट एक गुप्त एवं मौलिक परम्परा की बात कहता है। सन्त पाल ईसा को केवल अनुश्रुति से जानते थे परन्तु जब वह लोगों को उत्पीड़ित करने के लिए दमिश्क जा रहे थे तब उन्होंने चकाचौंध करनेवाला यह दृश्य देखा कि पुनर्जीवित ईसा मसीह आकाश से उन्हें बुला रहे हैं। इस अनुभव ने उनके जीवन को एक नया मोड़ दिया। जिस प्रभु को उन्होंने देखा, वह त्राता ईश्वर था, जिसकी तुलना रहस्य-धर्मों के देवताओं से की जा सकती थी : ऐसा जो मर गया था परन्तु पुनर्जीवित हो उठा और जिसके द्वारा मनुष्य अमरत्व प्राप्त कर सकता था। जहां ईसा ने एक ऐसे ईश्वर के राज्य की घोषणा की जिसे मनुष्य केवल पश्चात्ताप और साधुतापूर्ण आचरण से प्राप्त कर सकता है, वहां पाल ने सिखाया कि मुक्ति ईसा—केवल ईसा के माध्यम से ही प्राप्त हो सकती है। इसके बाद सन्त पाल ने यहूदी धर्म (ज़ूडाइज़्म) के कर्मकाण्डीय अनुष्ठानों से अलग हो जाने का और एक नूतन विश्व-धर्म चलाने का निर्णय किया। उन्होंने यहूदी नबियों के आदर्शों को ग्रहण किया; उनमें नव-प्लेटोवाद की शिक्षाओं को सम्मिलित कर लिया और ईसा को केन्द्रीय बिन्दु बना दिया।

प्रारम्भिक ख्रीष्टीय धर्म यूनानी (हेलेनिस्टिक) प्राच्य पर्यावरण से घनिष्ठ रूप से सम्बद्ध था तथा प्रारम्भिक ख्रीष्टीय चिन्तन यूनानी (हेलेनिस्ट) चिन्तन से परिव्याप्त था, और अपने को यूनानी रूप में प्रकट भी करता था। रोमन कैथलिक ख्रीष्ट सम्प्रदाय के प्रति प्रोटेस्टेण्ट सम्प्रदाय की एक शिकायत तो यही थी कि उसने प्रतिमा-पूजकों के अनेक तत्वों को ग्रहण कर लिया है।[2]

---

1. O God, most glorious, called by many a name
   Nature's Great King, through endless years the same;
   Omnipotence, who by Thy just decree
   Controllest all, hail, Zeus, for unto thee.
   Behaves Thy creatures in all lands to call.
2. अमार्जित बर्बरता के साथ आध्यात्मिक प्रेरणा के आश्चर्यजनक मिश्रण सहित महामाता का धर्म, समान प्राच्य धर्मों के पुंज में से केवल एक था, जो पैगनवाद (मूर्तिवादिता) के उत्तरकाल में रोमन-साम्राज्य में फैल गया था, और यूरोपीय जातियों को जीवन के विजातीय आदर्शों से आच्छादित कर धीरे-धीरे प्राचीन सभ्यता के समस्त ढांचे को विस्मृति के गर्भ में फेंक दिया था।... धरित्री के प्रति तिरस्कार से भरे हुए तथा स्वर्ग के गहन

उदाहरणार्थ ईसा के जन्म की निश्चित तिथि मालूम नहीं है। पूर्व के, जहां ईसा का निवास था, विरोध के बावजूद, पाश्चात्य चर्चों ने 25 दिसम्बर को चुना क्योंकि वही पैगन (मूर्तिपूजकों की) परम्परा थी। यह एक त्यौहार था, जो कुछ लोगों के मत से, शिशिर-अयन या संक्रान्ति का द्योतक था, अतः सूर्य देवता के लिए, विशेषतः मिथ्र (मित्र) के लिए, जो त्राता ईश्वर के रूप में ईसा का मुख्य प्रतिद्वन्द्वी था, पवित्र समझा जाता था।

ईसा ने हमें एक सरल संहिता (कोड) प्रदान की। उन्होंने बप्तिस्मा नहीं किया और न तो बप्तिस्मा को आवश्यक करार दिया। प्रभु के सायंकालीन तरल भोजन अथवा अभिषिक्त रोटी की जो प्रथा उन्होंने चलाई वह 'गास्पेल्स' (ईसा द्वारा उपदिष्ट मंगल-समाचार) के वर्णनानुसार 'किसी जादुई महत्त्व से रहित एक सरल उत्सव' मात्र था। चर्च ने धर्म-संस्कारों (सैक्रामेण्ट्स) को मुक्ति के लिए आवश्यक करार दे दिया, जैसा कि रहस्य-सम्प्रदायों में होता था। जब उसे मालूम हुआ कि 'कम्यूनियन' (ईसा के अंतिम भोज के स्मरणोत्सव में अंश-ग्रहण) की प्रथा मिथ्रवाद में भी मौजूद है तब उसे बड़ी परेशानी महसूस हुई और उसने कल्पना कर ली कि मूर्ति-पूजकों के देवता डेविल ने सरल ईसाइयों को गुमराह करने के लिए ऐसा किया है। ईसाई धर्म में ऐसा बहुत-सा बाह्याचार प्रवेश कर गया, स्वयं ईसा ने जिसकी निंदा की थी। 'सिद्धान्तों का उपदेश करते हुए तथा मानवों को आदेश देते हुए मेरे रूप की वे निरर्थक ही पूजा करते हैं।' सैद्धान्तिक परिवर्तनों ने ईसा के व्यक्तित्व की दैवी सरलता को बहुत कुछ ढक लिया है।

नास्टिकों (प्राचीन ज्ञानवादी या रहस्यवादी ईसाई) ने ईसा की मानवीय प्रकृति से यह कहकर इन्कार किया कि यह देवता का अचिन्त्य उपहास है। और चूंकि ईश्वर को तो सचमुच कोई दुःख-कष्ट नहीं होता, इसलिए उनकी मानवीय देह केवल अभास-मात्र रही होगी। बाद में इस विश्वास को निंदित ठहराया गया क्योंकि इससे गास्पेल की समस्त कथा तथा ईसा के पुनर्जीवित हो उठने की

भावातिरेक में डूबे सन्त एवं संन्यासी, जनमत में मानवता के सर्वोच्च आदर्श बन गए और उन्होंने देशभक्त एवं वीर होने के उस पुरातन आदर्श को भुला दिया, जिसमें वह अपना विचार किए बिना जीता और अपने देश के उत्थान के लिए मरने को तैयार रहता था... यह मनोग्रस्ति एक हजार साल तक बनी रही। मध्य युग की समाप्ति पर रोमन लॉ, अरस्तू के दर्शन तथा पुरातन कला एवं साहित्य को पुनर्जीवन प्राप्त हुआ और यूरोप जीवन के स्वदेशी आदर्शों तथा संसार के अधिक संयत और पौरुषयुक्त दृष्टिकोण की ओर लौटा। सभ्यता की यात्रा के लम्बे पड़ाव का अंत हुआ। प्राच्य आक्रमण की धारा पीछे मुड़ गई है और अब तक भाटे की दशा में पड़ी हुई है।

—जे० जी० फ्रेज़र : दि गोल्डेन बाड : एडोनिस, आर्त्तस, ओसिरिस : स्टडीज़ इन दि हिस्ट्री आफ ओरियण्टल रिलीजंस (1907), पृ० 251-3।

गिबन ने 'रोमन साम्राज्य का ह्रास एवं पतन' के इतिहास को सार-रूप में बताते हुए 'बर्बरता तथा धर्म की विजय' बताया है।

घटना का विरोध होता था। एरियस एक सीधा आदमी था, जो सामान्य समझ-वाले दृष्टिकोण से कहता था कि ईसा अपनी मानवीय देह के साथ, ईश्वर से नीचे ठहरते हैं और गास्पेल्स से इस विचार का समर्थन होता था। "मैं स्वर्ग से नीचे आया, अपनी इच्छा पूर्ण करने के लिए नहीं, अपितु उसकी इच्छा की पूर्ति के लिए जिसने मुझे भेजा था।" "जिसने मुझे भेजा है, वह मुझसे महत्तर है।" अथनेसियस ने अनुभव किया कि पाल द्वारा प्रचारित उद्धारकर्ता या त्राता का सिद्धान्त एरियन धर्म के प्रतिकूल है। ईसा को सच्चा मानव और सच्चा ईश्वर दोनों बताया गया—मनुष्य इसलिए कि मानव-जाति के लिए प्रायश्चित करें; ईश्वर इसलिए कि मानव-जाति को पापमुक्त करें। ईसाई धर्म में ईसा के देवत्व तथा ईश्वर से उनके ऐक्य, दोनों को रखना पड़ा। ईसा ईश्वर नहीं हैं तो उनके द्वारा मुक्ति सम्भव नहीं है: यदि ऐक्य को छोड़ देते हैं तो यह बहुदेववाद में परिवर्तित हो जाता है। निकाइया की परिषद् (कौंसिल) में यह धर्म-लक्ष्य स्वीकार किया गया कि 'क्राइस्ट अवतरित हुए थे, बनाए नहीं गए थे, क्योंकि वह परमपिता के ही तत्त्व के थे।' एरियन धर्म पर विजयी हो जाने के बाद उससे दूसरे विवादों का आविर्भाव हुआ। यदि ख्रीष्ट मानवी और दैवी दोनों हैं तो उनकी प्रकृति एक थी, या दो विभिन्न प्रकृतियां उनमें थीं? कुछ ने दैवी प्रकृति पर ज़ोर दिया और इस विचार से विद्रोह किया कि ख्रीष्ट किसी औरत के पेट से पैदा हुए थे और उन्होंने हाड़-मांस के साथ सम्बद्ध आपदाओं को झेला। गिबन ने लिखा, "कैथोलिक लोगों का धर्म-विश्वास एक ऐसी सीधी चट्टान के सिरे पर कांप रहा था जहां से पीछे हटना असम्भव था; जहां खड़ा होना खतरनाक था और जिससे गिरना भयानक था; फिर उनके धर्म-दर्शन की उदात्त प्रकृति के कारण उनके पंथ की अनेकविध असुविधाएं बढ़ गईं। जो लोग ईसा की एक ही प्रवृत्ति के मानने वाले (मोनोफाइसाइट्स) थे, उन्होंने भयानक संकट की चेतना से ख्रीष्ट की एक ही अवतार-प्रकृति पर ज़ोर दिया। "जो ख्रीष्ट को विभाजित करते हैं, उन्हें तलवार से विभाजित कर देना चाहिए; उन्हें बोटी-बोटी काट डालना चाहिए; उन्हें जीते ही जला देना चाहिए।" ये वाक्य एफीसस में हुई एक ईसाई धर्म-मीमांसा-सभा में कहे गए थे। चैलसेडोन की परिषद् ने ऐसा सूत्र निकाला जो प्रोटेस्टेण्ट और कैथोलिक दोनों सम्प्रदायों ने स्वीकार कर लिया। "बिना किसी भ्रम, बिना किसी परिवर्तन, बिना किसी विभाजन, बिना किसी विच्छेद के दो प्रकृतियां।" जब इन दोनों के साथ 'होली घोस्ट' की कल्पना मिला दी गई तो हमें 'ट्रिनिटी' (त्रिमूर्ति – पिता, पुत्र तथा पवित्र आत्मा) या त्रित्व का सिद्धान्त प्राप्त हुआ। ईश्वर की इन्द्रियातीत प्रकृति ने, जो मानवीय कल्पना और भलाई के मानवीय स्तरों के परे है, न केवल अपने को प्रकाशित किया वरन् धरती पर मानवीय आकार में अवतरित हुई। यही ख्रीष्ट थे। वह स्वयं ही ईश्वर-वाणी थे।

आज हम उन धार्मिक विडम्बनाओं से चिन्तातुर नहीं हैं, जिन्होंने एक दिन

ईसाई-जगत् को हिला दिया था। ईसाई धर्म का आधारभूत दावा यह है कि ईश्वर ने एक निश्चित समय और स्थान पर केवल ईसा के रूप में अपने को अवतरित किया और मनुष्य तथा प्रकृति दोनों के संघर्ष से मुक्ति पाना उनकी ही मृत्यु के कारण सम्भव हुआ। उनमें जीव का एक नूतन रूप प्रकट हुआ, जिसमें 'देह, मन एवं आत्मा का परिपूर्ण सामंजस्य था।' इस धर्म-विश्वास से यह निष्कर्ष निकलता है कि जो इस विश्वास को स्वीकार नहीं करता और ईसाई सम्प्रदाय के बाहर है (इसराइल के नबी तथा यूनान के दार्शनिक भी), उसके लिए स्वतन्त्रता-पूर्वक दी जाने वाली मुक्ति की कोई सम्भावना नहीं है; परन्तु इस स्थिति को अनेक प्रसिद्ध ईसाई विचारक स्वीकार नहीं करते।

जस्टिन मार्टायर (ईसा की दूसरी शताब्दी) कहते हैं, "वे सब लोग, जो 'लोगस' (Logos = शब्दब्रह्म) अर्थात् नित्य-ईश्वरीय विश्व-प्रज्ञा के साथ रह चुके हैं, ईसाई हैं, फिर भले ही उन्हें, सुकरात और हेराक्लीटस की भांति, नास्तिक ही समझा गया हो। ओरिगेन ने अपने साथी-ईसाइयों को गैर-ईसाई पूजाविधियों का सम्मान करने के लिए एक चेतावनी दी थी। टर्टूलियन के शब्दों में पैगन (मूर्तिपूजक) आत्मा प्रकृत्यात्मक ईसाई है। सन्त आगस्टाइन का वह वक्तव्य प्रसिद्ध ही है जिसमें उन्होंने कहा है कि "ईसाई धर्म जगत् के आरम्भ से रहा है; ख्रीष्ट के मानवीय रूप में अवतरण के बाद इसे ख्रीष्टीय मत कहा जाने लगा।" क्रूसा का निकोलस सब धर्मों को ब्रह्मवाणी की विभिन्न अभिव्यक्तियां मानता था। "हे ईश्वर, यह तुम्हीं हो, विविध धर्म विविध पथों एवं विविध नामों से जिसकी तलाश में हैं, क्योंकि तुम तो वैसे ही रहते हो, जैसे तुम हो—सभीके लिए अचिन्त्य और अनिर्वचनीय। हमपर कृपा करो और अपना मुखड़ा दिखाओ। जब तुम कृपापूर्वक वैसा करोगे तब तलवार, विद्वेषपूर्ण घृणा तथा सम्पूर्ण बुराइयां नष्ट हो जाएंगी और सभी जान जाएंगे कि विविध धार्मिक रीतियों में वास्तविक धर्म एक ही है।"[1] स्विट्ज़रलैंड का सुधारक ज्विंगली विश्वास रखता था कि सब महान मूर्तिपूजक (काफिर—हीदेन) स्वर्ग में मिलते हैं। श्लीरमेशर (Schleiermacher) कहता है, "मैं देखता हूं कि धर्मों की विविधता धर्म की प्रकृति में मूलबद्ध है ... यह अनेकता धर्म की पूर्ण अभिव्यक्ति के लिए आवश्यक है।" "जैसे मानव-जाति में सामान्य एकरूपता की मांग करने से बढ़कर धर्मरहित बात दूसरी नहीं है, उसी तरह धर्म में एकरूपता खोजने से बढ़कर अख्रीष्टीय वस्तु भी कुछ और नहीं है।" अपने 'रेडेन' में उसने सब धर्मों की एकता को खूब सराहा है। वह कहता है, "धर्म में तुम जितना ही गहरे पहुंचते जाओगे, उतना ही सारा धार्मिक जगत् तुम्हें एक अविच्छेद्य परिपूर्ण के रूप में दिखाई देगा।" मैक्समूलर लिखता है, "एक ही शाश्वत और सार्वदेशिक धर्म है, जो उन सब धर्मों के ऊपर, नीचे तथा परे खड़ा है जिन्हें हम मानते या मान सकते हैं।"

1. Uno religio in rituum Varietate.

प्रोफेसर वी० लास्की ने अपनी पुस्तक 'मिस्टिकल थियोलोजी अफ दि ईस्टर्न चर्च' में इस बात पर ज़ोर दिया है कि सनातनी (यूनानी) ईसाई के लिए ईश्वर के सम्बन्ध में दिया जाने वाला प्रत्येक वक्तव्य अपर्याप्त है और मूर्ति बनाने की दिशा में ले जाता है। ईश्वर के रहस्य को तर्क-बुद्धि की धारणाओं में व्यक्त नहीं किया जा सकता। वह तो जीवन्त ईश्वर का प्रायोगिक ज्ञान है। लास्की लिखता है :

"अनुभव से अलग कोई धर्मविद्या नहीं है। बदलना, एक नूतन मानव बनना आवश्यक है· · ·ईश्वर-ज्ञान निश्चय ही देवत्व-प्राप्ति का मार्ग है।"

जहां तक सनातन (आर्थोडाक्स = यूनानी) चर्च का सम्बन्ध है, प्रारम्भिक यूनानी धर्मपिताओं के मत से समस्त धर्म-विद्या (थियोलोजी) अन्ततः निषेधात्मक है। वह ईश्वर के विषय में अवधारण या विचार बनाने से इन्कार करती है। लास्की कहता है—"यह एक प्रवृत्ति है जो सब प्रकार की ऐसी अमूर्त एवं विशुद्ध बौद्धिक धर्मभावना को अलग कर देती है जो ईश्वरीय रहस्यों को चिन्तन की मानवीय प्रणालियों में ढालना चाहती है। यह सम्पूर्ण मानव को समेटने वाली अस्तित्वात्मक वृत्ति है।" अनुभव में हम सब विचारों और धारणाओं को पार कर जाते हैं। परन्तु पाश्चात्य ख्रीष्टीय धर्मराज्य[1] में धर्मविद्या या ईश्वरज्ञान अवधारणों का विषय हो गया। इसे 'विज्ञानों की रानी' कहा जाता है। इधर के ज़माने में धर्म की जो आलोचना हुई है वह वस्तुतः बौद्धिक चिन्तकों द्वारा निर्मित ईश्वर की गलत प्रतिमाओं के विषय में है।

दुर्भाग्यवश वर्तमान प्रोटेस्टेण्ट सम्प्रदाय की प्रमुख प्रवृत्ति ईसाई धर्म के बाहर ईश्वर के इलहाम या श्रुति-प्रकाश को अस्वीकार करती है। वहां गैर-ईसाई धर्म आत्मश्रेष्ठीकरण के निरर्थक प्रयत्न मात्र हैं। ख्रीष्ट दूसरे धर्मों की सिद्धि या उपलब्धि नहीं हैं, वरन् बिल्कुल ही भिन्न एवं असम्पृक्त हैं; वह पतितों के प्रति, जो ईश्वर के न्यायाधीन हैं, ईश्वर के दयालुतापूर्ण व्यवहार का एक अप्रतिम प्रयत्न हैं।

सत्य पवित्र धर्मग्रन्थ में निहित है और उस धर्मग्रन्थ में ईश्वरीय प्रकाश है और यदि दूसरे लोग इसे ग्रहण नहीं करते तो इसका कारण उनकी अन्धता और अज्ञान है। ईश्वर ने न केवल दूसरे देवताओं की पूजा-उपासना को अपितु अपनी आगामी प्रकृति के विषय में गलत विचारों को भी दण्डित किया है।

निरपेक्ष सत्य के विभिन्न दावेदार एक-दूसरे के प्रति असहिष्णुता से पूर्ण हैं और जब उनके हाथ में शक्ति होती है तो वे विरोधियों के लिए उत्पीड़न-कक्ष, बाधिक और जलानेवाले अग्नि-कुण्ड की व्यवस्था करते हैं। वे हमसे खोजी, अनुसन्धानकर्ता होने की नहीं, रीतिवादी होने की, चिन्तक होने की नहीं, विश्वासी

1. ख्रीष्टीय चर्च, आर्थोडाक्स या प्राच्य (यूनानी) और पाश्चात्य, दो मुख्य शाखाओं में विभाजित हो गया था।

एवं श्रद्धालु होने की आशा करते हैं।[1]

श्री हरबर्ट जे० मुलर लिखते हैं : "गास्पेल्स (ईसा के उपदेश) से स्पष्ट हो जाता है कि जीसस (ईसा) ने अपने को एक नूतन विश्वधर्म के क्रान्तिकारी जन्मदाता के रूप में प्रकट करने की कल्पना ही नहीं की थी, और सचमुच में तो वह ख्रीष्टीय धर्म के संस्थापक भी नहीं थे। इन सदुपदेशों के अनुसार उन्होंने खुले रूप में कभी देवत्व का दावा नहीं किया। वह तो बताते हैं कि वह अपने को मसीह या पैगम्बर कहते थे : यद्यपि उन्होंने कभी डेविड के वंशभूत होने की शेखी नहीं बघारी, जिसे उनपर थोपने की ल्यूक और मैथ्यू (ईसाई धर्म के आदि प्रचारक) ने इतनी चेष्टा की है। किन्तु यदि उन्होंने इसे गुप्त रखने का अनुरोध अपने शिष्यों से न करके सार्वजनिक रूप से यह कार्य किया होता, तो भी उनके श्रोता उनके देवत्व को स्वीकार न करते। परम्परा से मसीह (पैगम्बर) ईश्वर-पुत्र न थे। कभी उन्होंने त्राता प्रभु (ईश्वर) के द्वारा मुक्ति का वचन नहीं दिया, बल्कि उन्होंने तो यह कहा कि पश्चात्ताप और साधुता ग्रहण करके कोई भी मनुष्य, अपने ही प्रयत्नों से, ईश्वर का राज्य पा सकता है। इसके बाद चर्च ने उन्हें ईश्वर-तुल्य बनाने और यह आग्रह करने का क्रम चलाया कि मुक्ति केवल ख्रीष्ट के ज़रिये ही सम्भव है। ईसाई धर्म का केन्द्रीय सिद्धांत अवतार-सिद्धान्त बन गया जिसका कि प्रत्यक्षतः ईसा अथवा उनके प्रथम अनुयायियों को पता भी न था।"[2] जब यह कहा जाता है कि 'चर्च के बाहर मुक्ति प्राप्त ही नहीं हो सकती' तो इसका अभिप्राय यह है कि वह 'चर्च की भावना के बाहर नहीं प्राप्त हो सकती। भले विश्वासवाले सभी मानव मुक्ति की आशा कर सकते हैं।'

इस्लाम

इस्लाम ने अपने कट्टर एकेश्वरवाद और ईश्वर की अनुभवातीत महानता पर ज़ोर देने के बावजूद, न केवल यहूदी धर्म (जूड़ाइज़्म) तथा ख्रीष्टीय मत के

1. एच० ला फासे लिखते हैं—"ऐसा विश्वास करने का कोई कारण नहीं है कि लगभग दो हजार वर्ष पूर्व बेतुलहम में जो विशेष अवतार हुआ था, वह अपने परिणामों में बहुत महत्वपूर्ण होने के बावजूद अन्तिम था; बल्कि इतिहास से तो इसके प्रतिकूल ही प्रकट होता है, क्योंकि विश्व के उस भाग में, जिसने ईसाई होने की घोषणा कर रखी है, ऐसे लक्षण तो दिखाई नहीं पड़ते, जिससे माना जा सके कि प्राक् ख्रीष्टीय युगों की अपेक्षा मानव पाप-मोचन या मुक्ति के अधिक निकट है। उदाहरणार्थ जब हम तीस वर्षीय युद्ध एलविजेनसियन जिहाद (क्रूसेड) की राक्षसीय हत्याओं अथवा मूर्तिपूजकों के अग्निवध आदि का स्मरण करते हैं और यह देखते हैं कि ये सब घटनाएं तब घटीं जब चर्च सबसे शक्तिमान था, तब ईसाइयों की धर्म-सैद्धान्तिक परिपूर्णता या एकमेवता के दावों के बारे में यह तो नहीं कहा जा सकता कि वे घटनाओं द्वारा समर्थित हैं।"

—टुवड्‌र्स फाइडैलिटी (1952), पृ० 86

2. 'दि यूजेस आफ दि पास्ट' (1954), पृ० 149।

केन्द्रीय विश्वासों को अपने अन्दर समाहित कर लिया वरन् अरब रेगिस्तान के पुरातन कबीलाई धर्मों और ज़रथुस्त्री (पारसी) धर्म के भी कई पहलुओं को अंगीकार किया। वह अपने सन्निहित भागों से कहीं ज़्यादा बड़ा है। इस्लाम अपने तईं यहूदी धर्म और ख्रीष्टीय मत की पूर्णोपलब्धि मानता है। मुहम्मद ने 'जीसस, मेरी के पुत्र' के श्रुतिप्रकाश या इलहाम का हवाला दिया है। भले इस्लाम ने ख्रीष्टीय मत के अपधर्म के रूप में अपना आरम्भ किया है पर उसने अपना एक अनोखा रूप विकसित कर लिया, जैसे बौद्ध धर्म ने, जो मूलतः हिन्दू धर्म का एक सुधार-आन्दोलन था, अपनी एक अलग प्रणाली और ढांचे का विकास कर लिया था।

कुरान मुहम्मद द्वारा लिखा या बोलकर लिखाया गया ग्रन्थ है। मुसलमानों के लिए यह फरिश्ता जिब्राईल और नबी मुहम्मद के युग्म अभिकरण द्वारा ईश्वर की शाश्वत वाणी का इलहाम है। मुसलमान मुहम्मद को ईश्वर का अन्तिम नबी या पैगम्बर मानते हैं; उनके बाद कोई नबाबत नहीं होगी इसलिए उनके बाद उनके शब्दों की व्याख्या करने के सिवा और कुछ रह नहीं जाता।

प्रारम्भ से ही इस्लाम में एक सार्वदेशिकता और अवर्जना पर ज़ोर दिया गया है। अबू हनीफ़ (मृत्यु 767) कहते हैं : "किसी समाज में मतभेद का होना ईश्वरीय दया का चिह्न है।"[1] तेरहवीं सदी में इब्न-उल अरबी ने उपदेश किया कि जो मनुष्य ईश्वरीय ज्ञान के अनुसन्धान में लगा हुआ है, उसे किसी एक धर्म के द्वारा, एक अपवर्जक वृत्ति के साथ, दूसरे धर्मों की उपेक्षा कर उसकी तलाश नहीं करनी चाहिए, बल्कि मानव को प्राप्त सब प्रमाणों पर विचार करना चाहिए। इस सम्बन्ध में हाथी की कथा हिन्दू, बौद्ध एवं जैन चिन्तकों की भांति, मुस्लिम धर्म-शास्त्री भी कहते हैं।[2]

फरीदउद्दीन अत्तार (मृत्यु 1230) ने लिखा : "प्रत्येक अपना एक रास्ता खोज लेता है·· हर एक अपनी सामर्थ्य के अनुसार ज्ञान प्राप्त करता है और सत्य-ज्ञान में अपना स्थान प्राप्त करता है।"[3] हर एक का जीवन उसका अपना मार्ग है। अकबर जिन धर्मों से परिचित था, उनमें सामंजस्य लाने की उसकी चेष्टा को लोग अच्छी तरह जानते हैं। सम्राट शाहजहां के सबसे बड़े लड़के दारा शिकोह ने 'समुद्र-संगम'[4] नामक एक ग्रन्थ लिखा, जो फारसी ग्रन्थ 'मजमः-उल-बहरीन' के

---

1. फिग : अकबर 1, 69।
2. "इसलिए अन्धनिर्वाचकों ने जानवर का अनुसंधान करने के लिए अन्धप्रतिनिधियों को चुना। हर एक ने धड़ तथा अंगों को टटोलकर उसका स्पष्ट रूप समझने की चेष्टा की। और इस प्रकार हर एक ने पूर्ण की एक-एक कल्पना की और उस कल्पित छाया के साथ सम्पूर्ण हृदय और आत्मा से चिपक रहा।"—ब्राउन की अंग्रेजी कविता की गद्य रूपांतर।
3. तज़्किराते औलिया
4. ए क्रिटिकल स्टडी आफ दारा शिकोह'ज़ 'समुद्र-संगम', बाई डा० रोमा चौधुरी (1954)

समान ही है। ग्रन्थ का आशय यह दिखाना है कि हिन्दू धर्म और इस्लाम की मूलभूत बातों में बहुत साम्य है। परन्तु औरंगज़ेब ने तो अपवर्जक वृत्ति ग्रहण की।[1] टीपू सुलतान ने कितने ही अवसरों पर, शृंगेरी के शंकराचार्य से भगवान से प्रार्थना करने के लिए अनुरोध किया। एक बार जब उसके कल्याण के लिए शंकराचार्य के पथ-दर्शन में सहस्र चण्डी जप हो रहा था, तब उसने बड़ी प्रसन्नता प्रकट की थी।[2] इस्लाम के सम्पूर्ण इतिहास में दूसरे धर्मों के प्रति सम्मान के भाव की दृढ़ प्रवृत्ति रही है। सूफी इस विचार को प्रतिपादित करते रहे।

A Church or a Temple or a Kaaba stone,
Koran or Bible or a Martyr's Soul,
All these and more my heart can tolerate,
Since my religion now is love alone.

(हिन्दी पद्यान्तर)

गिरजाघर हो या हो मन्दिर या वह काबे का पत्थर,
हो कुरान, इंजील भले हो या शहीद का आत्म अमर।
कर लेता है इन सबको या औरों को भी हृदय सहन,
मेरा धर्म प्रेम है केवल, वही हमारा तन, मन, धन।

संघर्ष का स्रोत धर्मों की विविधता नहीं, सहिष्णुता का अभाव है। सहिष्णुता का अर्थ गुप्त अहंकार से उत्पन्न उदासीनता अथवा दूसरों के प्रति अवज्ञा-अपमान नहीं है। इस प्रतिष्ठापना से विदित होता है कि परम सत्ता एक ऐसा रहस्य है

1. जिसमें इस्लाम ने ऊंची ख्याति प्राप्त की,
और पैगम्बर के कानून को व्यापक सम्मान दिया,
जो हमारे निषंग के अन्तिम बाण की भांति निकला,
धर्म एवं कुफ्र के युद्ध में;
जब धर्मद्रोह का वह अपवित्र बीज
जिसे अकबर ने बोया था, नवीन कोंपलें फेंककर निकल आया।
दारा के अन्तःकरण में; दिल की शमा
बुझ चली हर हृदय में, अपने को अरक्षित समझ,
हमारे समाज की भ्रष्टता के बीच,
तब ईश्वर ने भारत से चुना,
उस विनीतमना वीर आलमगीर को,
धर्म की पुनः स्थापना और विश्वास को नवीन जीवन देने।
उसके खड्ग के विद्युत् में जल उठी
अपवित्रता की फसल; धर्म-विश्वास का टार्च
एक बार पुनः हमारे पारिषदों पर प्रकाश बिखेर गया।
—'रेवेलेशन एण्ड रीज़न इन इस्लाम', ए० जे० आरबेरी, पृ० 114।
2. मैसूर आर्कियोलाजिकल डिपार्टमेण्ट एनुअल रिपोर्ट, 1916; पृ० 74-75।

जिसके एक क्षुद्र अंश में ही अभी तक प्रवेश किया जा सका है। सहिष्णुता खुले मन की भावना है। हम विभिन्न मार्गों पर चल सकते हैं परन्तु हमारा लक्ष्य एक ही है। चूंकि हम एक ही अनुसन्धान, एक ही तलाश में शामिल हैं, इसलिए हमें एक-दूसरे के साथ आध्यात्मिक बन्धु के रूप में व्यवहार करना चाहिए। विभिन्न धर्मों को एक ही विषय के विविध रूप में ग्रहण करना चाहिए। जो मेरी सेवा नहीं करता, वह दूसरों की सेवा कर सकता है। धार्मिक विश्वासों तथा रीतियों के विषय में सहिष्णुता हमारा पवित्र कर्तव्य होना चाहिए। यदि हम इसका अभ्यास करेंगे तो कठोरता एवं कट्टरता नष्ट हो जाएंगी और उनकी जगह कोई ज़्यादा अच्छी चीज़ आ जाएगी। यदि हम एक सच्चे ईश्वर की ईर्ष्यालु के रूप में कल्पना करते हैं तो दूसरे देवताओं की पूजा भ्रान्तिमूलक हो जाती है। पूर्व में, चीन और भारत में देवता ईर्ष्यालु नहीं होते और इनके कोई राष्ट्रीय धर्म नहीं हैं। धार्मिक सत्य का अनुसन्धानकर्ता एक संशयवादी, एक परिव्राजक हो सकता है। जो चीज़ मानव की शक्ति का विस्तार करती है, वह सत्य पर कब्ज़ा नहीं है, बल्कि सत्य की खोज है। लेसिंग का एक कथन अक्सर उद्धृत किया जाता है कि किसी आदमी का मूल्य सत्य पर उसका कब्ज़ा होने के कारण निर्धारित नहीं होता, बल्कि सत्य की खोज में सच्चाई के साथ प्रयत्न करने से होता है। "यदि ईश्वर अपने दाहिने हाथ में समस्त सत्य लिए हो और बायें हाथ में सत्य के लिए मूल्यवान, निरन्तर सक्रिय प्रेरणा लिए हो और कहे कि मैं सदा गलत ही चुनाव करूंगा तो 'चुनो' कहने पर मैं विनयपूर्वक उसका बायां हाथ पकड़ लूंगा और कहूंगा : 'पिता, यही मुझे दो; शुद्ध सत्य केवल तुम्हारे लिए है।' "

हिन्दुओं की गायत्री प्रार्थना प्रकाश के लिए शाश्वत अनुसन्धान है। वैज्ञानिक जानता है कि सत्य सदा अस्थायी और अनुमानात्मक होता है और जिस चीज़ का महत्त्व है, वह खोज है। विभिन्न धर्मों के अनुयायियों को चाहिए कि अपने को सत्य का संगी—अन्वेषक—समझें। जब हम मानते हैं कि सत्य हमारे अधिकार में है तो हम उनके प्रति कठोर हो जाते हैं जिनके पास वह नहीं है। यह विश्वास कि किसीका अपना धर्म जगत् के रहस्य की गहनतर अन्तर्दृष्टि है, दूसरे प्रकार के विश्वास रखने वालों के प्रति शत्रुता की भावना न जागरित होने दे। गांधीजी ने एक अमरीकी मिशनरी को, जिसका दावा था कि ख्रीष्टीय मार्ग ही सबके लिए सर्वोत्तम है, लिखा था, "आप सब लोगों के विषय में जानने की जो कल्पना करते हैं, वह आप तभी कर सकते हैं जब खुद ईश्वर हों। मैं चाहता हूं कि आप समझ लें कि आप दोहरे भ्रम के नीचे पल रहे हैं। आप अपने लिए जिसे सर्वोत्तम समझते हैं, वह अवश्य वैसा ही है; और जिसे आप अपने लिए सर्वोत्तम समझते हैं वही समस्त जगत् के लिए सर्वोत्तम है, यह मान्यता सर्वद्रष्टापन और अच्युतता की है। मैं थोड़ी विनम्रता का अनुरोध करूंगा।" प्रो० ए० एन० व्हाइट हेड कहते हैं, "मैं जिस बात पर एतराज़ कर रहा हू, वह हमारे ज्ञान की पर्याप्तता में हमारा वाहियात विश्वास है। विद्वानों का आत्मविश्वास सभ्यता की जागतिक त्रासदी—

ट्रेजेडी—है।"[1] वह कहते हैं, "जहां कोई पंथ है वहां समझो कि कोई धर्मद्रोही या नास्तिक आसपास या अपनी कब्र में है।"[2]

यह वृत्ति कि सत्य हमारा ही एकाधिकार है, मानव धर्मों के सर्वोच्च रूप में निहित उदारता से मेल नहीं खाता। फिर प्रत्येक महान धर्म ने दूसरों से भी सीखा है। यदि धर्म को फिर वही प्राणदायी शक्ति प्राप्त करनी है जो किसी ज़माने में समाज का निर्माण करने में उसकी थी, तो धर्मों की प्रतिस्पर्धा की जगह उनके बीच के सहयोग को देनी होगी। इस महत्वपूर्ण विषय पर विश्व विभाजित होकर नहीं रह सकता। ईश्वर सर्वत्र—ख्रीष्टीय मत में या अन्यत्र—सक्रिय है। यदि हमारा विश्वास है कि ईश्वर ने सत्य का प्रकाश समस्त मानवता को नहीं, हिन्दुओं, बौद्धों, यहूदियों, ईसाइयों या मुसलमानों में से थोड़े-से चुने लोगों को दिया है, तब संघर्ष और झगड़े शुरू हो जाते हैं। तेरहवीं से तेरहवीं शताब्दी तक का ख्रीष्टीय मत का इतिहास एक अनोखी असहिष्णुता तथा अपवर्जक सत्य के दुःखदायी प्रभावों का चित्रण करता है। यदि हम प्रेम के ईश्वर की नहीं, ईर्ष्या-द्वेष के उस ईश्वर की उपासना करते हैं, जो अतीतकाल में प्रलय उपस्थित कर चुका है, तो समझ लीजिए कि संसार में शान्ति नहीं हो सकती। धर्मों के विषय में यही दृष्टि भावनाशील प्राणियों के रास्ते का रोड़ा रही है और उन्होंने घबराकर धर्म का ही त्याग कर दिया है।[3] मैं समझता हूं कि ख्रीष्टीय मत की यह असहिष्णु दृष्टि, जिसने इनक्विज़िशन और धर्म-युद्धों का आरम्भ किया, जीसस अर्थात् 'प्रेम के ईश्वर या प्रेम के देवता' की शिक्षाओं के प्रति न्याय नहीं करता। नई बाइबिल (न्यू टेस्टामेण्ट) में हम पढ़ते हैं कि 'ईश्वर प्रेम है' (जॉन 4-16) और उसका 'शब्द' वह प्रकाश है जो प्रत्येक मनुष्य को प्रकाशित करता है (जॉन 1, 9); यह भी कि उसकी इच्छा है कि सब मनुष्यों की रक्षा हो और वे सत्य का ज्ञान प्राप्त करें (1. टिमोथी 11-4)। मानव-जाति विद्वत्तापूर्ण शास्त्रार्थों तथा मजहबी विवादों से थक गई है। पश्चिम में ख्रीष्टीय मत ने परस्पर अपवर्जक चर्चों का उद्भव किया है, जिनमें से प्रत्येक एक विशिष्ट औचित्य पर ज़ोर देता रहा है और उसके विषय में विवाद को विच्छेद द्वारा चुप करता रहा है। किन्तु जब से कोरिन्थ के चर्च को सन्त पाल ने पत्र लिखा था, समय-समय पर विभाजनों का अन्त करने

---

1. दि फिलासफी आफ ए० एन० व्हाइट हेड, संपादक : शिल्प (1941), पृ० 698।
2. एडवेंचर आफ आइडियाज़ (1933), पृ० 66।
3. प्रोफेसर फ्रेडरिक हीलर लिखते हैं—"यह निपट सत्य है कि ख्रीष्टीय धर्म, ऐसे अव्याख्येय अपराधों से तिरस्कृत हुआ है जो उसी रूप या मात्रा में दूसरे किसी महत् धर्म में पाए नहीं जाते। न इस्लाम, न बौद्ध या हिन्दू धर्म ने अपने धर्म-विश्वास के लिए इतने मानवों का कत्ल किया है, जितनों का कि ख्रीष्टीय चर्चों ने किया है···अपने ऊपर ऐसे कलंक के धब्बे होते हुए भी, ख्रीष्टीय मत कैसे, गैर-ईसाई और अतुलनीय रूप से बहुत ही कम कलंकित धर्मों की तुलना में अपने परिपूर्ण होने का दावा कर सकता है !"

—हिब्बर्ट जर्नल, जनवरी 1954, पृ० 112-113।

के प्रयत्न होते रहे हैं। आज ऐक्य के इस प्रयत्न को और विस्तृत आधार पर चलाने की आवश्यकता है। आत्मा का राज्य स्वतन्त्रता का क्षेत्र है। वह अपने सदस्यों को किसी धर्म के स्वीकार करने को न तो पसन्द करता है, न उसके लिए उन्हें दण्डित करता है। वह विभिन्न मतों के अनुयायियों के बीच एक नये प्रकार की सृजनात्मक सहानुभूति की संवृद्धि करता है। हमारा कर्तव्य है कि हमारी परम्पराओं में जो कुछ मूल्यवान है उसका उत्सर्ग न करते हुए भी हम साथ-साथ काम करें और उस दिन-दिन गहन होती जाने वाली शक्ति को उपलब्ध करें जो भ्रातृत्व-भावना से आती है।

केवल ऐसा ही विचार ऐसे सभ्य समाज का आधार बन सकता है जहां हम उत्साहपूर्वक दूसरे धर्मों को समझने का यत्न करें और उनके अनुयायियों की सेवा करें। ऋग्वेद की अन्तिम ऋचा में कहा गया है :

संगच्छध्वं संवदध्वं
सं वो मनांसि जानताम्।
समानी वः आकूतिः, समाना हृदयानि वः
समानमस्तु वो मनो
यथा वः सुसहासति (10—191)

मिलकर चलो; मिल-जुलकर बात करो; तुम्हारे मन एक समान जानें, तुम्हारे यत्न साथ-साथ हों; तुम्हारे हृदय एकमत हों; तुम्हारे मन संयुक्त हों, जिससे हम सब सुखी हो सकें।

4

नई विश्व-सभ्यता

मनुष्य-प्राणी सर्वत्र एक-से ही हैं और वे एक ही गहनतम मूल्य स्वीकार करते हैं। उनमें जो भेद हैं, वे निस्संदेह महत्त्वपूर्ण हैं परन्तु उनका सम्बन्ध बाह्य, अस्थायी सामाजिक दशाओं से होता है और वे उनके साथ ही परिवर्तनीय होते हैं। परिवहन तथा यातायात के आधुनिक साधनों के कारण अलगाव की दीवारें टूटती जा रही हैं और सहकारिता के सेतुओं का निर्माण होता जा रहा है। सभी समाज तेज़ी के साथ उद्योग-प्रधान होते जा रहे हैं और हम सब विज्ञान में एक ही भाषा बोलते हैं। हर जगह मूल्य के नये प्रतिमान बनते जा रहे हैं। हमें ऐसी एक नई विश्व-सभ्यता के व्यथापूर्ण जन्म में भाग लेने को कहा जा रहा है जो केवल अन्तर्राष्ट्रीय सहयोग तथा समझ से ही सम्भव है। अन्तर्राष्ट्रीय संघर्षों की तीव्रता के बावजूद संसार एक होता जा रहा है।

हाल की घटनाओं ने यह भ्रमात्मक खयाल पैदा कर दिया है कि जहां पश्चिम अपने दृष्टिकोण में वैज्ञानिक है, वहां पूर्व आध्यात्मिक मानस का है। एक तर्कबुद्धि-प्रधान तथा दूसरा धार्मिक है। एक ऊर्जस्वी और निरन्तर बदलने वाला है तो दूसरा स्थिर एवं अपरिवर्तनशील है। यदि हम दूर तक देख सकें तो हमें मालूम होगा कि तीन-चार सौ साल पहिले तक चीन एवं भारत की विज्ञान एवं प्रौद्योगिकी में मौलिक देन रही है तथा दूसरी ओर पश्चिम धार्मिक आदर्शवाद एवं पवित्रता से महत्त्वपूर्ण उदाहरण उपस्थित करता रहा है। जितना ही हम एक-दूसरे को समझते जाते हैं उतना ही यह अनुभव करते जाते हैं कि हम दोनों एक-दूसरे के जैसे ही हैं। पूर्व और पश्चिम चेतना के दो विभिन्न प्रकार या चिन्तन की दो विभिन्न प्रणालियों का प्रतिनिधित्व नहीं करते।

विज्ञान तथा धर्म प्रत्येक संस्कृति के पहलू (पक्ष) हैं। तार्किक एवं आध्यात्मिक दो ऐसे सूत्र हैं जो मानवीय स्वभाव में अविच्छेद्य रूप से गुंथे हुए हैं, यद्यपि दोनों के ताने-बाने जुदा-जुदा हैं। मानव इतिहास के विभिन्न युगों में कभी एक, कभी दूसरे का अधिक महत्त्व रहा है।

पिछले पचास वर्षों में पारस्परिक तत्त्व-मीमांसा के विरुद्ध विद्रोह होता रहा है। थेल्स से लेकर पश्चिम के व्हाइट हेड तक, ऋग्वेद के ऋषियों से लेकर हमारे समय तक के भारत में, दर्शन अनुमान-प्रधान रहा है। आधुनिक जगत् में तार्किक प्रत्यक्षवाद तथा अस्तित्ववाद तत्त्वमीमांसा के प्रति विद्रोह का प्रतिनिधित्व करते हैं।

परन्तु दर्शन की तथाकथित क्रान्ति सर्वथा नवीन नहीं है। हमें यूनानी चिन्तन में प्रत्यक्षवाद तथा आंग्ल प्रयोगवाद (इम्पायरिसिज़्म) की प्रवृत्तियां उपलब्ध होती हैं।

तर्क किया जाता है कि कुछ भी तब तक सत्य या सार्थक नहीं हो सकता, जब तक वह इन्द्रियों द्वारा ग्रहण न किया जा सके। प्राचीन ग्रीक चिन्ताधारा में प्रोटागोरस के ऐसे ही विचार थे किन्तु प्लेटो ने उसीकी आलोचना की। आधुनिक यूरोपीय विचारधारा में ह्यूम मानता है कि ईश्वर, आत्मा, अमरत्व या नैतिक मानों के विषय में कोई वास्तविक या सार्थक दावा नहीं किया जा सकता। ह्यूम तत्सम्बन्धी विश्वासों को 'वितण्डा एवं भ्रांति' कहकर विरोध करता है। कांट ने इस दृष्टिकोण को स्वीकार नहीं किया है।

कोम्ते (Comte) ने अपने सांस्कृतिक विकास की तीन श्रेणियों वाले नियम के साथ प्रत्यक्षवाद के विचार का प्रारम्भ किया। उसके मत से प्रत्येक संस्कृति की प्रथम श्रेणी धर्मविद्या-विषयक होती है। कोम्ते के लिए धर्मविद्या का मतलब अन्धविश्वास या वहम है। दूसरी श्रेणी है तत्त्वमीमांसा की, जो पुरातन देवताओं के स्थान पर सिद्धान्तों एवं शक्तियों को स्थापित करती है। तीसरी श्रेणी है। प्रत्यक्षवाद की, जो वैज्ञानिक ज्ञान के साथ मीमांसा करता है।

ह्यूम के अनुभव के सिद्धान्त में हमने भाषाई विश्लेषण की तकनीक को जोड़ दिया। ईश्वर, आत्मा तथा अमरता-विषयक वक्तव्यों की सार्थकता भाषागत भ्रमों का कारण है। धार्मिक विश्वासों को मूर्खतापूर्ण कहकर बताया गया है जिसके कारण हम अपने को भ्रमित करते हैं। तत्त्वमीमांसा के सभी प्रकार लाभरहित उद्योग कहकर त्याग दिए गए हैं।

तार्किक प्रत्यक्षवाद प्रमाणीकरण सिद्धान्त को अपनाता है। किसी भी वाक्य का तथ्यपरक अर्थ तभी निकल सकता है जब वह इन्द्रियानुभव द्वारा प्रमाणीकरण में समर्थ हो। धार्मिक प्रस्तावनाएं प्रयोग द्वारा प्रमाणित नहीं की जा सकतीं, इसलिए उनसे कोई तथ्यात्मक अर्थ नहीं निकलता।

सार्वदेशिक रूप से स्वीकृत वैज्ञानिक सिद्धान्त भी इन्द्रियानुभव से प्रमाणित नहीं किए जा सकते। परन्तु हम इसके कारण प्रकृति के नियमों को अस्वीकार नहीं करते। प्रमाण-सिद्धान्त स्वयंसिद्ध वक्तव्य नहीं है; न तो वह इन्द्रियानुभव द्वारा प्रमाणित किए जाने की सामर्थ्य रखता है।

जो लोग यह कहकर तत्त्वविद्या के हटा देने का दावा करते हैं कि अनुभवातीत सत्ता है ही नहीं, वे खुद जगत् की प्रकृति के विषय में एक तत्त्वविद्यापरक वक्तव्य दे रहे हैं। हम प्लेटो के आदर्शवाद से लेकर मार्क्स के भौतिकवाद तक तत्त्वविद्या-व्यवस्था का तिरस्कार कर सकते हैं किन्तु तत्त्वविद्यात्मक चिन्तन से बच नहीं सकते। जब भी चिन्तन या विचार अपने विषय में चैतन्य होता है, तभी दर्शन बन जाता है। यहां तक कि वह भी जो दर्शन को अस्वीकार करता है, वैसा एक ऐसे दर्शन के परिणामस्वरूप ही करता है, जिसे अपने दर्शन का गुमान नहीं है। जब भी मूल्य के मान प्रयुक्त होते हैं और आलोचना का आरोपण किया जाता है तो वहां एक दर्शन होता ही है। विश्लेषणात्मक दार्शनिकों का तर्क स्वयं तत्त्वविद्या पर, जगत्-विषयक कतिपय पूर्व-कल्पनाओं पर आधारित है। तार्किक

विश्लेषण का जो भी मूल्य है, वह जीवन के विषय में एक ऐसी वृत्ति—रुख—के रूप में ही परिभाषित किया जा सकता है जिसे तार्किक विश्लेषण केवल अपने बल पर स्थापित नहीं कर सकता।

जब तार्किक प्रत्यक्षवादी घोषित करते हैं कि दार्शनिक अन्वेषण के लिए अनुभव-सामग्री का एक अपरित्याज्य स्रोत है तो वे 'अनुभव' शब्द को इन्द्रिय-लब्ध के अर्थ में सीमित कर देते हैं परन्तु हमें नैतिक, सौन्दर्यात्मक एवं धार्मिक अनुभव भी होते हैं। हमारे घनीभूत अनुभव, ज्ञान के लिए उत्साह, सौन्दर्य के लिए प्रेम, नैतिक निराशा, देवभावना प्रयोगवाद की दुनिया से बाहर नहीं किए जा सकते।

मानवीय जीवन के दूसरे पक्षों से बुद्धि का निरसन तार्किक प्रत्यक्षवाद का प्रमुख तत्त्व है। जब हम विज्ञानों की बात करते हैं तो हमें उसमें न केवल गणित, भौतिकी तथा जैविक विज्ञानों को, बल्कि सामाजिक विज्ञानों को तथा उन्हें भी शामिल करना चाहिए जो आध्यात्मिक मूल्य से सम्बन्धित हैं।

कैम्ब्रिज के प्रोफेसर सी० डी० ब्राड अपनी पुस्तक 'फाइव टाइम्स आफ एथिकल थियरी' की भूमिका में कहते हैं :

"पाठक को इसके लिए चेतावनी दे देना शायद उचित होगा कि मेरे व्यावहारिक एवं भावनात्मक दोनों प्रकार के अनुभव की सीमा विशेष रूप से संकीर्ण है—विश्वविद्यालय के एक अध्यापक के लिए भी। परन्तु कैम्ब्रिज में कालेजों के फेलो के लिए वीरभावापन्न गुण अथवा प्रदर्शनीय पाप के बहुत कम प्रलोभन हैं, और मेरी कामना है कि मानव-जाति का शेष भाग भी इसी सौभाग्य-पूर्ण स्थिति में होता। फिर मैं व्यवहार में सही और गलत के विषय पर अपने को उत्तेजित करने में कठिनाई का अनुभव करता हूं। जब लोग कहते हैं कि वे पाप की भावना के अन्दर कार्य कर रहे हैं तब मुझे इसकी स्पष्ट धारणा नहीं होती कि उनके मन में क्या होता है; फिर भी मुझे सन्देह नहीं होता कि कुछ मामलों में यह एक वास्तविक अनुभव है, जो उन लोगों के लिए अत्यन्त महत्त्वपूर्ण है, जिन्हें वह होता है और सचमुच इसका गहन नैतिक एवं तात्त्विक महत्त्व हो सकता है। मैं अनुभव करता हूं कि ये व्यावहारिक एवं भावनात्मक सीमाएं नैतिक अनुभव के कतिपय महत्त्वपूर्ण पक्षों के विषय में मुझे अन्धा बना सकती हैं। फिर भी जो लोग किसी भी विषय पर बड़े ज़ोरों के साथ अनुभव करते हैं, वे वस्तु-जगत् की व्यवस्था में उसके महत्त्व के बारे में अत्युक्ति कर सकते हैं। पुण्यशीलता के लिए एक स्वस्थ, बुभुक्षा, जिसे शिष्टाचरण से नियन्त्रित रखा जा सकता हो, बड़ी बढ़िया चीज़ है, किन्तु उसके लिए 'भूख और प्यास' का अनुभव करना अक्सर आध्यात्मिक मूत्रातिसार के लक्षण हैं।"

दार्शनिक व्याख्या के किसी भी प्रयत्न में इन सब बातों का विचार करना ही होगा। फिर जो धारणाएं (कानसेप्ट्स) आधुनिक गणित तथा भौतिकी प्रयुक्त करती हैं, वे भी तो इन्द्रियानुभव से प्रत्यक्ष प्रामाण्य नहीं हैं। उनसे ऐसी अनु-

मितियां निकलती हैं जो अन्ततोगत्वा प्रायोगिक परिस्थितियों से सम्बद्ध हैं। तत्त्व-विद्या-विषयक उपपत्तियां जगत् की प्रकृति की व्याख्याएं हैं और वे निरीक्षित आधार-सामग्री के प्रति अपनी पर्याप्तता और प्रत्यक्ष ज्ञान में ताल-मेल बैठाने की अपनी सामर्थ्य के प्रकाश में जांची जाती हैं। वे केवल अटकलबाज़ियां नहीं हैं वरन् अनुभव की व्याख्याएं हैं। वैज्ञानिक उपपत्तियों के मामले में जो कुछ हम प्रमाणित कर सकते हैं, वे उनके संविपाक या परिणाम-मात्र हैं, और भी वहीं तक जहां तक उनका परिकलन या निरीक्षण किया जा सकता है। हम वैद्युत् ऊर्जा, गुरुत्वाकर्षण अथवा सापेक्षता को देख नहीं पाते परन्तु हम सावधानीपूर्वक निर्णीत परिस्थितियों में इसका परिकलन करते हैं कि किस बात का निरीक्षण किया जाना है और यह कि क्या वे सत्य हैं, और तब प्रमाणित करते हैं कि वस्तुतः उनका निरीक्षण होता है या नहीं। यह अप्रत्यक्ष प्रमाणीकरण है। तत्त्वज्ञानात्मक उपपत्तियां ऐसे ही अप्रत्यक्ष प्रमाणीकरण की सामर्थ्य रखती हैं।

ऐसे भी तत्त्वविद्यावादी हैं जिनका दावा है कि वे भी वहां तक प्रयोगवादी-अनुभववादी हैं, जहां तक कि जीव का जीव के रूप में व्यवहार करते हैं। वे सब इस आधारभूत तथ्य से आरम्भ करते हैं कि किसी चीज़ का अस्तित्व है।

फिर भी प्रत्यक्षवाद धर्म की प्रकृति और प्रयोजन को इन्द्रजाल, अन्धविश्वास और लोकवार्ता से, जिनसे सम्पृक्त होकर वह गलत समझा जाने लगा है, मुक्त करने में सहायता करता है।

प्रत्येक महान दार्शनिक विश्लेषक और अस्तित्ववादी दोनों होता है। वह बौद्धिक अन्तःकरण रखने वाला कवि है। दृष्टिहीन विश्लेषण आत्मा का अपव्यय, सूक्ष्मदर्शिता का विनाश है; अननुशासित दृष्टि, अपरीक्षित अन्तःप्रज्ञा, आत्यन्तिक भावावेग, अन्ध-विश्वास, कट्टरता तथा पागलपन के स्रोत हैं।

विश्लेषक और क्षणभंगुरतावादी प्रवृत्तियां सुकरात और प्लेटो में मिलती हैं। उन्हें मध्ययुग में हम पुनः स्कूल्स के दार्शनिक सिद्धान्तों में पाते हैं।

तार्किक विश्लेषण और अस्तित्ववादी अनुभव के बीच सदा ही तनाव रहता है। कोई भी समुचित दर्शन एक ओर तर्कबुद्धि की सच्चाई तथा दूसरी ओर आभ्यन्तर अनुभव के दावे द्वारा समर्थित होना चाहिए।

मैं पाश्चात्य चिन्तन से दो उदाहरण लेना चाहूंगा : प्लेटो और कांट। प्लेटो की रूपाकार-उपपत्ति (थियरी आफ फार्म्स) तार्किक युक्तियों पर आधारित है। जब वह रूप अथवा आकार को तत्त्वपरक बताता है और कहता है कि निरपेक्ष सौन्दर्य और निरपेक्ष न्याय केवल परिकल्पनाएं नहीं हैं वरन् दूसरी दुनिया में, परलोक में, अस्तित्व रखते हैं; जब वह इन्द्रियलब्ध जगत् को दूसरी दुनिया के नीचे रखता है तो वह आर्फियस (एक यूनानी संगीतज्ञ और रहस्यवादी दार्शनिक) और पैथागोरस के विचारों द्वारा प्रभावित है। जो प्रदत्त है वह प्रकृति के परे नहीं जाता किन्तु जो उत्कट प्रेरणा वह पैदा करता है वह प्रकृति को पार कर जाती है।

प्लेटो में इस दुनिया को परदेश मानने की गहरी भावना और दूसरी दुनिया की दृष्टि थी। मृत्यु अन्त नहीं है। एक दूसरा लोक है, जहां जन्म के पूर्व और मृत्यु के अनन्तर आत्मा का अस्तित्व रहता है। यह विचार तर्क अथवा भौतिक-ज्ञान—मीमांसा—द्वारा नहीं, मनुष्य तथा उसके आचरण पर गूढ़ मनन से प्राप्त होता है।

'थेरेटस' में सुकरात 'जहां तक उसके लिए सम्भव है, मनुष्य के देवतुल्य बनने' के लिए आवाहन करता है। हमें कमी की, अभाव की अनुभूति होती है। हमें अपने वर्तमान स्तर से ऊपर उठना है। मनुष्य, जैसा वह है, अपूर्ण है।

कांट ने ज्ञान तथा विज्ञान को इन्द्रियलब्ध जगत् तक सीमित कर दिया। किन्तु जब वह जगत् की प्रकृति मनन करने लगा तब इस निष्कर्ष पर पहुंचा कि सम्पूर्ण सत्य या सत्ता इतनी ही नहीं है और इन्द्रियातीत, अपने-आप में स्वतन्त्र चीज़ें भी हैं। तर्क के, आत्मा के, अपनी समग्रता में जगत् के और ईश्वर के विचार आए। इन विचारों में सम्बद्ध वास्तविकताओं को पदार्थ की संज्ञा नहीं दी जा सकती। उनका कोई आंगिक उपयोग नहीं, केवल नियामक उपयोग है। वे हमें अपने अनुभव को संघटित करने और उसके मूल्य का अन्दाज़ लगाने की क्षमता प्रदान करते हैं। विज्ञान का अभिनिवेश, उसकी तलाश, एक निष्ठा, एक आशा, एक विश्वास पर निर्भर है, जबकि तर्क की निष्ठा अपनी ही श्रेष्ठता अथवा जगत् की बुद्धिग्राह्यता पर आधार रखती है।

नैतिक अभिकर्त्ता (एजेण्ट्स) के रूप में हमारी प्रकृति के परीक्षण ने कांट को मौका दिया कि वह विचारों को अधिक समृद्ध और गहन अर्थ प्रदान कर सके। कर्तव्य का तथ्य ऐसी वास्तविकता के प्रकार का एक निश्चित उदाहरण है जिसकी ओर तर्क की धारणाएं संकेत करती हैं : एक वास्तविकता, जिसमें यद्यपि निश्चित अन्तर्वस्तु है, किन्तु फिर भी अनुभव के सन्दर्भ में उसे किसी अर्थ में पदार्थ नहीं कहा जा सकता। कांट के लिए, हमारे ऊपर के तारों-भरे गगन का परिदर्शन, हमारी अन्तःस्थ नैतिक विधि की पहिचान के साथ किया जाना चाहिए।

भारतीय चिन्तन में अस्तित्ववादी संकट और बौद्धिक विमर्श दोनों ही हैं। भारतीय चिन्तन का मुख्य सम्बन्ध, मानव की मर्यादा (स्टेटस) उसके अन्तिम लक्ष्य से है। प्रकृति और परमात्मा पर तो उनके मनुष्य के सहायक के रूप में—मनुष्य को आत्मा की सुरक्षा तथा मन की शान्ति प्राप्त करने में सहायता देने के लिए—विचार किया गया है। भारतीय चिन्तन की प्रधान रुचि तो व्यावहारिक है। दर्शन जीवन का पथ-दर्शक है।

भारतीय दार्शनिक क्षेत्रों में पारस्परिक सिद्धान्तों पर पश्चिम के संसर्ग से एक हलचल पैदा हो गई है। सामान्य रूप से कहें तो इससे दृष्टिकोण में कोई प्रमुख परिवर्तन नहीं हुए हैं, यद्यपि विचार के ढंग पर प्रभाव पड़ा है। थोड़े-से ऐसे भी हैं जिन्होंने भारतीय परम्पराओं का त्याग कर दिया है और कतिपय पाश्चात्य

विचारकों के विचारों को ग्रहण कर लिया है, किन्तु दुर्भाग्यवश उन्होंने न तो भारतीय चिन्तना पर, न पाश्चात्य दर्शन पर ही कोई गहरा प्रभाव डाला है। सबसे महत्वपूर्ण परिवर्तन तो भारत के मौलिक चिन्तन को हमारे युग की शब्दावली में उपस्थित करने और उन दिशाओं में उसके विकास में हुआ है। धर्म की समस्या-विषयक भारतीय पकड़ को ब्रह्मसूत्र के प्रथम दो सूत्रों के सन्दर्भ में प्रकट किया जा सकता है। कहा जाता है कि ब्रह्मसूत्र उपनिषदों का, जो वेदांग हैं, मुख्य अभिप्राय प्रकट करता है। दो सूत्र परमसत्ता (ब्रह्म) के ज्ञान की आवश्यकता तथा उसके प्रति बौद्धिक आचरण पर प्रकाश डालते हैं।

जैसे हम जागतिक प्रक्रिया के पीछे रहस्य का होना स्वीकार करते हैं, वैसे ही हम मानसिक अवस्थाओं के प्रखर प्रवाह के पीछे भी किसी रहस्य की स्थिति को मानते हैं। तत्त्वविद्या-सम्बन्धी चिन्तना, जो अपने को अनुभव के आधार पर खड़ा करती है, मानती है कि प्रकृति आवश्यकता की, और आत्मा की प्रकृति मुक्ति की परिकल्पना की पकड़ में है। जागतिक प्रक्रिया के पीछे जो सत् या सत्ता है और जिसे ब्रह्म कहते हैं और वैयक्तिक अहम् के पीछे जो सत्य या सत्ता है और जिसे आत्मा कहा जाता है, एक ही हैं।

इस भौतिक जगत् में मनुष्य की देह एक मरणशील बिन्दु है; उस (मनुष्य) का मन स्वयं एक यन्त्र है। प्रकृति का ऊर्ध्वगामी प्रवाह देह को अपने अन्तिम उत्पादन या परिणाम के रूप में ग्रहण नहीं कर सकता। उसके परे कुछ है—कुछ ऐसा जो मानव-जाति को बनाना है। उसके अन्दर शाश्वत वर्तमान है किन्तु वह उसके—संकुचित—व्यक्तित्व से आच्छादित है। मानव की महत्ता उसमें नहीं है जो वह है बल्कि इसमें है कि वह क्या हो सकता है। उसे चेतनापूर्वक उस स्थिति में विकसित होना है। दैवी सर्जनशीलता में भागीदार होने की उसकी उच्चाकांक्षा, और वैसा कर सकने का दीक्षित, शोधित संकल्प विकासकारी प्रेरणा के साधन हैं। हम इसे परमात्मा की कृपा या मनुष्य की शक्ति—देवप्रसाद या तपः प्रभाव—चाहे जो कह सकते हैं। इस सृजनात्मक प्रक्रिया में प्रत्येक मनुष्य का एक विशिष्ट अभिनय है।

धर्म और विज्ञान में कोई संघर्ष नहीं है। विज्ञान जो कुछ कह सकता है, उससे मानवीय व्यक्तित्व के महत्त्व के धार्मिक दृष्टिकोण पर कोई प्रभाव नहीं पड़ सकता। जगत् वा ब्रह्माण्ड में और भी ऐसे ग्रह हो सकते हैं जिनमें तर्क-बुद्धि-प्रधान प्राणियों का अस्तित्व सम्भव है।

धर्म को भी किसी ऐसी बात का आग्रह नहीं करना चाहिए जो निर्णय किए जाने योग्य वैज्ञानिक तथ्य के प्रत्यक्ष प्रतिकूल हो। विज्ञान प्राकृतिक प्रपंच या प्रतिभास के अपने निरीक्षण से नैतिक व्यवस्था ढूंढ़ निकालने का काम नहीं कर सकता।

महत्त्वपूर्ण प्रश्न यह है कि क्या मानव-प्राणियों को प्राकृतिक विकास की ऐसी प्रक्रिया का शीर्ष समझा जा सकता है जो साभिप्राय संचालित न किए जा रहे

हों? या उन्हें परमात्मा की मूर्ति या प्रतिबिम्ब के रूप में बनाया गया ईश्वर-पुत्र माना जा सकता है? वैज्ञानिक मानवतावादी बुद्धियोग की शक्ति में, यद्यपि वह आकस्मिक रूप से ही उद्‌भूत होती है, विश्वास रखते हैं।—ऐसे प्राणी जो उस प्रक्रिया पर आधिपत्य रखते हैं, जिससे कि वे अब तक अन्तिम परिणाम हैं। किन्तु ये वैज्ञानिक मानवतावादी उस सीमा के विषय में अत्युक्ति करते हैं जिस सीमा तक मानव-प्राणी उपतार्किक कामनाओं से स्वतन्त्र हैं और जिस सीमा तक वे अपना आचरण बौद्धिक—तार्किक—एवं जागतिक कृपालुता की योजनानुसार नियन्त्रित कर सकते हैं। धर्म की स्थापना है कि मनुष्य अधि-प्रकृति (प्रकृति के परे के) एवं प्रकृति दोनों स्तरों पर अपना अस्तित्व रखता है। कांट मनुष्य की द्विविध प्रकृति का हवाला देता है। प्रतिभासिक या इन्द्रियलब्ध जगत् में रहते हुए उसकी नियति निश्चित है, और तात्त्विक या इन्द्रियातीत जगत् के प्राणी के रूप में वह स्वतन्त्र है। 'तुममें जो है, वह जगत् में जो है उससे महत्तर है।'[1] मनुष्य कर्तव्य के नियम को न मानने के लिए स्वतन्त्र है।

---

1. जॉन, 4-4।

5

सभ्यता के नैतिक सिद्धान्त

व्यक्ति की मर्यादा एवं स्वतन्त्रता का आधारभूत सिद्धान्त सभी धार्मिक मतों में सर्वनिष्ठ है और यदि मैं कह सकूं तो कहना चाहिए कि राजनीतिक प्रणाली में भी लागू है। मार्क्स ने ईश्वर को अस्वीकार किया, उसका विश्वास मानव के प्रभविष्णु देवत्व में था। जैन विचारकों का मत है कि मनुष्य देवत्व प्राप्त कर सकता है और मनुष्य की आत्मा में जो सब शक्तियां छिपी पड़ी हैं, उन्हींकी सर्वोच्च, श्रेष्ठतम और पूर्णतम अभिव्यक्ति ईश्वर है। महाभारत के एक श्लोक में कहा गया है कि इस धरित्री पर मनुष्य से बढ़कर कुछ भी नहीं है :

गुह्यं ब्रह्म तदिदं वो ब्रवीमि
न मानुषात् श्रेष्ठतरं हि किञ्चित्।

पैस्कल हमें बताता है कि जगत् में व्याप्त, सम्पूर्ण विचारहीन शक्तियों से श्रेष्ठ विचारशील मानव-प्राणी है। वे उसे कुचल सकती हैं किन्तु जानती नहीं कि वे कर क्या रही हैं; पर मनुष्य जानता है। आत्मा है पदार्थ नहीं। यह आत्म-निष्ठा उसे अन्तरुन्मुखता और स्वतन्त्रता देती है। यदि वह वस्तुनिष्ठता में अपने आपको खो देता है तो नियत परिपाटी, कठोरता एवं अविवेक में फंस जाता है। हमसे जनतन्त्र की मांग है कि मनुष्य की स्वतन्त्र आत्मचेतना का सम्मान एवं विकास करें क्योंकि वही मानवीय इतिहास की समस्त प्रगति के लिए उत्तरदायी है।

संसदीय लोकतन्त्र एक ऐसी राजनीतिक व्यवस्था है जो हमारे निर्वाचित नेताओं द्वारा शासित होने में हमारी सहायता करती है। यह इस दृष्टिकोण को स्वीकार नहीं करता कि यदि तुम हमारे साथ सहमत नहीं होते तो हम तुमपर प्रहार करेंगे। हम तर्क-बल से, न कि शस्त्र-बल से, दूसरों को अपने मत में लाने की चेष्टा करते हैं।

संसदीय शासन-व्यवस्थाओं में प्रत्येक उत्तराधिकारी संकट-रूप होता है जिसमें आन्तरिक उथल-पुथल होती है तथा प्रायः बाहरी दंगे-फसाद भी होते हैं। असंसदीय शासन में नेता खुद कानून का रूप धारण कर लेते हैं; वे अपनी इच्छा अपनी जनता पर लादते हैं जिससे मन भ्रष्ट हो जाते हैं और आत्माएं पतित हो जाती हैं। सभी राजनीतिक प्रणालियां व्यक्ति के शासनाधिकार का विरोध करती हैं। वस्तुतः यह व्यक्ति का विरोध नहीं है, चाहे वह बुरा हो या भला, शक्तिमान हो या शक्तिरहित; यह प्रणाली का, व्यवस्था का विरोध है। यदि हम किसीके अच्युत होने की बात मान लें, तभी उसके अत्याचार को ठीक बताया जा सकता है। जो मनुष्य ऐसी चापलूसी नहीं कर सकते, वे चुप कर दिए जाते हैं। विरोधी

अपराधी के रूप में बदल जाते हैं। कोई समाज, यदि पाखण्ड चाहता है, सत्य को दण्डित करता है और विकासमान मतों का गला घोंट देता है, तो वह प्रगति नहीं कर सकता। तानाशाह दूसरों की अतिप्रशंसा की टीका करते हैं, परन्तु खुद अपनी अतिप्रशंसा से खुश होते हैं। पहली बात से कुछ हानि नहीं होती किन्तु दूसरी बात उनके विनाश का कारण हो सकती है।

उन देशों द्वारा भी संसदीय लोकतन्त्र के अपनाए जाने की सम्भावना है, जिनमें वह इस समय नहीं है। नेतृत्व परिपक्व होने के साथ राजनीतिक प्रणालियां भी बदल जाएंगी। सोवियत नेता भी अपनी प्रणाली में परिवर्तन करने को उत्सुक हैं, वे पुनः अनम्यता या कठोरता में गिरना नहीं चाहते। लोकतन्त्र एक ऐसी प्रणाली भी है जिससे हम जनता के जीवन-स्तर को ऊपर उठाना चाहते हैं। जब कोई देश राजनीतिक स्वाधीनता प्राप्त कर लेता है तो उससे बड़ी मात्रा में ऊर्जा मुक्त हो जाती है, जो इसके पूर्व स्वतन्त्रता की लड़ाइयों में खर्च हो जाती थी। बड़ी अपेक्षाएं पैदा हो जाती हैं और लोग सदियों की जड़ता के ऊपर उठ जाते हैं और एक नवीन जन्म की सम्पूर्ण पीड़ाओं के बीच से गुजरते हैं। एशिया और अफ्रीका के बहुतेरे लोग भुखमरी से थोड़ा ही ऊपर के स्तर पर जीवन व्यतीत करते हैं। यदि राजनीतिक लोकतन्त्र को जीवित रखना है तो आर्थिक विकास की प्रक्रिया को तेज़ करना होगा। हमें सदियों के पसीने और आंसुओं को एक पीढ़ी के रूप में बदलना होगा; हमें असमानताओं को कम करना होगा। ऐसे सामाजिक सम्बन्धों को बदलना होगा जो अन्यायपूर्ण हैं और हमें अपने को गौरवान्वित बुराइयों एवं पुरातन प्रथाओं से मुक्त करना होगा। हमारे पास समय बहुत कम है और करना बहुत कुछ है। लोकतंत्रात्मक समाज में धनिकों को गरीबों के लिए सामाजिक उत्तरदायित्व वहन करने होंगे। ऐसा ही विश्व-समाज में भी होना चाहिए। विकसित राष्ट्रों को पिछड़े राष्ट्रों की सहायता करनी पड़ेगी।

अपने विधान में हमने अपने को अन्तर्राष्ट्रीय सहयोग एवं शान्ति के बन्धन में बांधा है। अब भौगोलिक, राजनीतिक, आर्थिक अथवा सांस्कृतिक किसी प्रकार का अलगाव नहीं है। सहकारिता की भावना को राष्ट्र की सीमा से बाहर राष्ट्रों के समूह तक ले जाना होगा। लोकतन्त्र का अर्थ ही विरोधी के प्रति सम्मान है। यदि हम किसी प्रयोजन में विश्वास करते हैं और देखते हैं कि ऐसे राष्ट्र भी हैं जो हमसे सहमत नहीं हैं तो लोकतन्त्रात्मक पद्धति का तकाज़ा है कि हम उन्हें अपने दृष्टिकोण से सहमत होने के लिए समझाएं-बुझाएं। जैसे लोकतन्त्रात्मक मार्ग आन्तरिक समस्याओं के समाधान में सीधी कार्रवाई, भीड़ का शासन अथवा हिंसा के साधनों का प्रयोग करने से इन्कार करता है, वैसे ही हमें मानव-प्राणियों की विवेकयुक्तता को मान लेना होगा और उनके साथ समझौता, विचार-विमर्श, ताल-मेल एवं सहमति का रास्ता अपनाना पड़ेगा।

दुर्भाग्यवश, इस समय संसार दो वर्गों में विभाजित है। इसलिए हमें भविष्य

के लिए बड़ा भय है—अदृश्य संकट का भय, जिसको लेकर असीमित अत्युक्तियां भी की जाती हैं।

जब आन्तरिक जलन-इंजिन, बेतार का तार और विमानन का आविष्कार हुआ, तब सभीने उन्हें विज्ञान तथा प्रौद्योगिकी की प्रशंसनीय उपलब्धियां कहकर उनका स्वागत किया। वैज्ञानिकों द्वारा बाह्य अन्तरिक्ष में प्रवेश को (जो अज्ञात की सीमाओं को पीछे धकेलने का एक महत् प्रयत्न है) सामान्य परिस्थितियों में लोगों ने हर्ष एवं गौरव के साथ ग्रहण किया होता किन्तु वस्तुस्थिति यह है कि हमें भय और दुश्चिन्ता है क्योंकि शीत युद्ध के वर्तमान वातावरण में हम इन कृत्रिम उपग्रहों को सैनिक दृष्टि से देखते हैं और यह जानते हैं कि उनसे आणविक क्षेपास्त्र लम्बी दूरियों तक भेजे जा सकते हैं। कोई राष्ट्र या शासन धरती पर मानव-जाति के विनाश-साधन की इच्छा नहीं रखता; फिर आकाशों की हलचल ने धरती पर भी घबराहट पैदा कर दी है।

सब जनतान्त्रिक सरकारें स्वीकार करती हैं कि हमें विश्व की सभी जातियों या राष्ट्रों को पूर्ण एवं फलदायी जीवन का अवसर देना चाहिए। स्वतन्त्रता की अमरीकी घोषणा बड़े ज़ोरों के साथ कहती है कि सब मनुष्यों को जीवन, स्वतन्त्रता और सुखान्वेषण का अधिकार है। अपनी सामरिक तैयारियों से हम इन अधिकारों को संकट में डाल रहे हैं और विश्व के भविष्य को अन्धकारमय बना रहे हैं।

लोकतांत्रिक मार्ग हमसे मांग करता है कि हम शान्तिपूर्ण सहअस्तित्व और सहयोगी जीवन-यापन को ग्रहण करें। यह हमसे कहता है कि हम पारस्परिक सहमति के लिए धैर्यपूर्वक और निरन्तर प्रयत्न करें और मतैक्य तक पहुंचने के लिए प्रत्येक मार्ग की खोजकरें। हम आत्म-समर्पण के लिए नहीं कहते, क्योंकि यह निराशा का प्रतिफल है, न हम तुष्टीकरण के लिए कहते हैं क्योंकि, वह भी नैतिक पतन का परिणाम है; परन्तु इसके साथ ही हम स्थिर धारणाओं से शासित नहीं हो सकते। हमें मानवीय विषयों में मानव की स्खलनशीलता को मानना ही होगा। किसी न्यायोचित निर्णय में कोई भी पक्ष पूर्णतः जीतता या हारता नहीं। एक-दूसरे से अच्छी मात्रा में देन-लेन होना चाहिए।

आधारभूत समस्या अब इस या उस राष्ट्र या इस या उस समूह की विजय नहीं है। यह मनुष्य के जीवित बचने या आत्महत्या करने की समस्या है। यह निर्णय का अवसर है, निराशा का नहीं। विकल्प है विनाश या मानवीय भ्रातृत्व। इसे दैवयोग की सनकों पर नहीं छोड़ा जा सकता। आज किसी राष्ट्र के जीवित रहने के अधिकार की परख की माप उसके शस्त्रीकरण के आकार से नहीं, वरन् इस बात से होती है कि वह कितनी दूर तक समस्त मानव-समाज की चिन्ता रखता है। हमें कानून द्वारा प्रदत्त पर्याप्त अधिकारों के सहित संयुक्त राष्ट्र व राष्ट्र-संघ की कल्पना का समर्थन करना ही चाहिए, जिससे वह आक्रमण को रोक सके, अपने निर्णय मानने और जारी करने को मजबूर कर सके; न्याय-सिद्धान्तों

के अनुसार राष्ट्रों के बीच होनेवाले झगड़ों का निबटारा करा सके। यदि हम विश्व-समाज के प्रति उच्चतर निष्ठा का विकास कर सकें तो मानव-इतिहास का महत्तम युग हमारी पकड़ और पहुंच के अन्दर होगा। इसके लिए आवश्यकता है कि हम मनुष्य के अन्दर आत्मा की शक्ति का पुनः आविष्कार करें तथा अपने अभिप्रायों की फिर से व्याख्या करें। यदि लोकतन्त्र को जीवित रखना है, तो उसका फिर से प्रादुर्भाव करना होगा। इसे अपनी राष्ट्रीय एवं आर्थिक मूर्ति-पूजा को विस्मृत करना होगा; आत्मलाभया या स्वार्थ छोड़ना होगा और इसकी आन्तरिक धारणाओं की ओर लौटकर, इसकी आत्मा को, अन्तर्भाव को फिर से पकड़ना होगा।

इतिहासकार हमें बताते हैं कि नियति की तलवार व्यक्तियों के जीवन पर और राज्यों के ऊपर भी लटक रही है। हेरोडोटस लिखता है: "ज्यों-ज्यों मैं अपनी कहानी के साथ आगे बढ़ता जाऊंगा, मैं छोटे-बड़े ऐसे नगरों पर टिप्पणी करूंगा जो कभी महान थे और आज अधिकांश छोटे हो गए हैं तथा जो हमारी समझ में महान हैं, वे पहिले छोटे थे। इसलिए यह जानते हुए कि मानवीय समृद्धि कभी एक ही स्थान पर नहीं रहा करती, दोनों के विषय में एक वृत्ति से लिखूंगा।" समृद्धि से औद्धत्य या हेकड़ी आती है, जिसे यूनानी 'हाइब्रिस' या विनाश कहते हैं। सत्ता का प्रेम खतरनाक है। आज विश्व की जो स्थिति है, उसके लिए दुर्बल राष्ट्र उत्तरदायी नहीं हैं। महाशक्तियों के राजनीतिक नेता ही मानव-जाति को विनाश के कगार तक ले जाने की धमकी देते हैं। उन्हें अपनी नीतियों का फिर से निर्माण करना होगा और आणविक परीक्षणों पर रोक लगाकर निःशस्त्रीकरण के लिए प्रयत्न करना होगा।

गांधी ने उन नैतिक सिद्धान्तों—सत्य और अहिंसा की घोषणा की, जिनपर सभ्यता ठहरी हुई है। सभ्यताएं उसी सीमा तक बच पाएंगी जिस सीमा तक वे इन सिद्धान्तों को ग्रहण करेंगी। हमारा कर्तव्य है कि दिन रहते, अवसर रहते हम प्रयत्न करें। बुराई को तभी तोड़ा जा सकता है जब हम उसका उत्तर भलाई से दें। अन्धकार को गाली देने से कोई लाभ न होगा। हमें प्रकाश को बढ़ाना होगा जिससे अन्धकार दूर हो सके। हमें वेदना और करुणा में समर्थ, कष्ट-सहन और त्याग में समर्थ मानव की आत्म-भावना में आस्था होनी चाहिए, जिसने इन सब शताब्दियों में मानव-प्रगति को प्रोत्साहित किया है।

6

भविष्य के लिए लड़ाई

विचारवान मनुष्य के लिए संसार की वर्तमान अवस्था गौरव, आश्चर्य तथा चिन्ता का स्रोत है। गौरव का विषय यह है कि हमारी पीढ़ी ने विज्ञान तथा प्रौद्योगिकी की ऐसी महती सफलताओं का विकास किया है जो हमें गगन पर शासन करने, नक्षत्रों तक पहुंचने तथा विश्व के छोरों तक प्रसार पाने की सामर्थ्य प्रदान करती हैं। हमारी सभ्यता इस दृष्टि से अनुपम है कि वह हमें एक विश्व-व्यापी सामाजिक व्यवस्था का आधार देती है। विश्व का ऐसा एकीकरण अतीत में कहीं नहीं पाया जाता। नई स्थिति की चुनौती का सामना करने के लिए हमें नूतन साधन खोजने होंगे और विरासत में प्राप्त सामाजिक एवं अंतर्राष्ट्रीय आचरण के सांचों को स्थायी बनाने की चेष्टा छोड़नी होगी। हम आश्चर्यमूढ़ इसलिए हैं कि समता एवं स्वतन्त्रता के सिद्धान्तों पर आधारित अन्तर्राष्ट्रीय संघटनों द्वारा एक विश्व-व्यवस्था स्थापित करने के हमारे प्रयत्न सफल नहीं हुए हैं। यद्यपि हम जानते हैं कि विश्व एक है, और चाहे हम इसे पसन्द करते हों या न करते हों, राजनीतिक, राष्ट्रीय एवं जातिगत भेदों के रहते हुए भी, हममें से प्रत्येक का भाग्य दूसरों के भाग्य के साथ जुड़ा है जिसे हम जानते तो हैं परन्तु हमारी मांस-मज्जा एवं अस्थियों में उसका अनुभव नहीं होता। और जब हम देखते हैं कि महान राष्ट्र दूसरों के साथ निपटने के अपने ढंग में परिवर्तन करने के लिए तैयार नहीं हैं और उन्हीं ढंगों पर अड़े हुए हैं जो फैशन के प्रतिकूल और खतरनाक हैं, तो हम हैरान ही नहीं होते, चिन्तातुर भी होते हैं। बड़ी आकस्मिकता एवं तेज़ी से संसार एक-दूसरे के साथ गुंथ गया है और इस बलात् लादी घनिष्ठता ने मतभेदों को घनीभूत कर दिया और संघर्ष की सम्भावनाओं को बढ़ा दिया है। हमारे युग ने जो समस्याएं हमारे सामने उठा फेंकी हैं, उनसे हम किंकर्तव्यविमूढ़ हो गए हैं, क्योंकि विकसित राष्ट्र, जिनसे हम नेतृत्व की आशा करते हैं, हमें निराश कर रहे हैं।

यह सोचना गलत था कि हम विकास की यात्रा में आन उलझे हैं और हमारे प्रयत्न करने पर भी हम एक ज्यादा अच्छी दुनिया में पहुंच जाएंगे। इससे पहिले के युग में हमें प्रगति की अनिवार्यता पर विश्वास था। जब पृथ्वी केवल एक पिघला हुआ—द्रव—पुंज थी, तब कोई जीवन के उन रूपों की कल्पना भी नहीं कर सकता था जो उसके बाद प्रकट हुए। धीरे-धीरे धरती ठंडी हुई, महासागर लहराए और उसके बाद वनस्पति-जीवन आया। अमीबा (आद्यज जीवकण) से लेकर दूसरे जीवों—सरीसृप, कपि, वानर आदि की अनन्त विविधता के बीच से नीनडरताल मानव, फिर आदिमानव और बाद के सभ्य मानव तक एक ऊर्ध्व प्रगति का क्रम बराबर चलता रहा है। संकुचित दृष्टि से देखने पर जहां-तहां

ह्रास के उदाहरण भी मिल सकते हैं परन्तु दूर दृष्टि से देखने पर ज्ञात होता है कि पश्चाद्गमन की, उलटाव की कालावधियों के होते हुए भी प्रवृत्ति ऊर्ध्वगामी ही रही है। इसलिए यह मान लिया जाता है कि एक निर्दय तर्क-प्रक्रिया से आगे बढ़ते जाएंगे—शायद अंधे की तरह लड़खड़ाते हुए, पर अपने बावजूद, सभ्य जीवन की उच्चतर अवस्थाओं की ओर। उन्नीसवीं शदी में हमें प्रगति की अनिवार्यता में दृढ़ विश्वास था। विकास-सिद्धान्त के विश्वासी हमें बताते हैं कि प्राकृतिक वरण या चुनाव के कानून का परिणाम यह होगा कि वर्तमान अपूर्ण समाज एक अधिक पूर्ण तथा भव्यतर मानवता में बदल जाएगा। इतिहास की मार्क्सवादी व्याख्या इस दृष्टिकोण का समर्थन करती है। किन्तु दो विश्व-युद्धों के बाद हमें अपने भविष्य का वह विश्वास अब नहीं है। प्रथम विश्व-युद्ध के बाद हम सबने कल्पना की थी कि हम विवेकवान प्राणी हैं और सभी मानवों का हित एक ही है : हम सब शान्ति चाहते हैं, इसलिए हम तीव्र गति से एक नूतन सामाजिक समाकलन की ओर बढ़ते जाएंगे। द्वितीय विश्व-युद्ध ने प्रगति के इस बुलबुले को तोड़ दिया।

इस तर्क में मौलिक भ्रान्ति वह गलत साधर्म्य है जो प्रकृति-विज्ञान के इतिहास और मानवीय इतिहास, अवमानव-जातियों को शासित करने वाले नियमों तथा समाज में मानव के ऊपर लागू किए जानेवाले नियमों के बीच किया जाता है। हम इसमें कोई सन्देह नहीं करते कि मनुष्य जीवन के प्रारम्भिक रूपों से आगे बढ़ा है किन्तु हमें यह निश्चय नहीं है कि सुख एवं सामाजिक सदाचरण में निरन्तर प्रगति हुई है। जब हम अतीतकालिक सभ्यताओं के इतिहास की ओर मुंह करते हैं तो वहां उत्थान और पतन, एक ऊर्ध्वगामी उभार, समस्याओं से निबटने की चेष्टा, थकान, फिर धीरे-धीरे निरन्तर ह्रास, तन्तुओं का कड़ा पड़ते जाना, धमकियों का कठोर होते जाना और सृजनात्मक शक्तियों का क्रमिक मरण—सब कुछ दिखाई पड़ता है।

जिस सभ्यता का हमने विकास किया है, वह भी परिवर्तन के नियम से बाहर नहीं है। इसका उत्थान होगा या पतन, आकाश के नक्षत्रों पर नहीं, हमारे ही ऊपर निर्भर है। सभ्यता मानवीय सृष्टि है—यह मानव के मन और संकल्प की विजय है। आणविक क्रान्ति को ही ले लीजिए। यह एक विराट मानवीय यन्त्र है; वैज्ञानिक कुशलता और आदर्शों द्वारा प्राप्त नूतन शक्ति का सचेतन उपयोग है। यह मानव की बनाई चीज़ है। इतिहास भाग्य नहीं है। यहां वास्तविक विकल्प उपस्थित हैं। हम चुनाव कर सकते हैं—सही या गलत। महती प्रौद्योगिकीय क्रान्ति सबके लिए बाहुल्य का प्रबन्ध कर सकती है और यदि हम बुद्धिमान हैं तो शान्ति भी ला सकती है। किन्तु यदि हम विवेक-भ्रष्ट हैं, तो हमारी सारी आशाओं और समस्त जीवन पर पानी फेर सकती है। युगों के स्वप्न की सिद्धि में, लोक-संग्रह में जो बाधा है, वे हमारे पिछड़े हुए ढंग और निष्ठाएं हैं। हम अपनी संकटापन्नता को जानते हैं। जब आदमी को उसकी नियति का ज्ञान हो

जाता है, तो नियति समाप्त हो जाती है और मनुष्य अपने होश में आ जाता है तथा अपने भविष्य की बागडोर खुद संभाल लेता है।

फिर भी यह संघटन जानता है कि हममें त्रुटियां क्या हैं। यह जानकारी यदि घनीभूत हो जाए तो वह हृदय की इच्छानुसार अपना भविष्य बनाने में हमारी मदद कर सकती है। कुछ ऐसे आवश्यक कदम हैं, जो सब राज्यों को उठाने चाहिए।

जिन सैनिक उपायों में आस्था रखते हुए सदियों से वे विकसित होते रहे हैं उनका उन्हें त्याग करना होगा। ऐसा प्रतीत होता है कि हम अभी तक उसी सिद्धान्त का पालन करते आ रहे हैं, क्योंकि उन्नत राष्ट्र अनुभव करते हैं कि तब तक उनका सम्मान नहीं होगा जब तक कि वे उद्जन बम बनाने में समर्थ नहीं हो जाएंगे। इस विषय में शक्तियों में भयानक प्रतिस्पर्धा है, और उनमें से प्रत्येक दूसरों को यह दिखाने का प्रयत्न कर रही है कि इन अस्त्रों के निर्माण की दौड़ में वह सबसे आगे है। वे भूल जाती हैं कि युद्ध की स्थितियां इस कदर बदल चुकी हैं कि आज पराजय और विजय के बीच बहुत ज़्यादा अन्तर नहीं रह गया है। ताप-न्यूक्लीय (आणविक) युद्ध में जीतने जैसी चीज़ अब नहीं रह गई है। किसी भी राष्ट्र के लिए आणविक युद्ध आरम्भ करना दुःखदायी गलती होगी, क्योंकि इसका अर्थ है—पारस्परिक विनाश। इतने पर भी हम निरन्तर इन नाटकीय अस्त्रों को बनाते और मानव-जाति के ऊपर भय के काले बादल फैलाते जा रहे हैं। यदि हम यह कल्पना करते हैं कि उनकी विनाशकता से डरकर हम उनके प्रयोग का त्याग कर देंगे तो हम अपने को धोखा देते हैं। घृणा से भी अधिक भयानक वस्तु भय है। कोई राष्ट्र इस भय से कि शत्रु राज्य इन अस्त्रों को कहीं हमसे पहले न इस्तेमाल कर ले, यह आशा रखते हुए उनका प्रयोग कर सकता है कि इससे उनका अपना विनाश रुक जाएगा। हमें स्पष्ट रूप से यह बात समझ लेनी चाहिए कि आणविक अस्त्रों का निर्माण करके हम प्रवञ्चना से, भ्रान्ति से समझौता करते जा रहे हैं। यदि युद्ध का कोई भविष्य है तो फिर मानव-समाज का कोई भविष्य नहीं है; यदि मानव-समाज का कोई भविष्य है तो युद्ध का कोई भविष्य नहीं है।

राष्ट्रीयता को विश्व-निष्ठा के नीचे, उसके नियन्त्रण में रहना होगा। मो-त्सू ईसापूर्व पाचवीं शताब्दी में एक चीनी विचारक हुआ है। उसने अपने समय के चीन की संकटपूर्ण स्थिति का जो वर्णन किया है वह हमारे वर्तमान संकट में अप्रासंगिक नहीं है। चोर अपने खुद के कुटुम्ब को प्यार करता है, और अपने इस प्रेम की खातिर वह सोचता है कि वह दूसरे कुटुम्बों की चोरी या उनका विनाश कर सकता है। एक सरदार अपने कबीले को प्यार करता है और उसके लिए दूसरे कबीलों का दुरुपयोग एवं शोषण करने में अपने को ठीक समझता है। एक सामन्त अपनी जागीर को चाहता है और दूसरे सामन्तों को सताना ठीक समझता है। आज, राष्ट्र-राज्य ने हमें वशीभूत कर रखा है। राष्ट्रीयता तब तक एक

उपयोगी शक्ति है, जब तक वह कर्तव्य, सर्व-सामान्य की भलाई की निष्ठा और सामान्य कल्याण के लिए त्याग के उच्च सिद्धान्त हममें जगाती है। किन्तु जब वह हमें गलत रास्तों पर ले जाती है—यदि वह हममें यह भावना पैदा करती है। कि वह गलत हो या सही, हमें अपने देश का समर्थन करना ही चाहिए—तो उसकी निन्दा की जानी चाहिए। हम एक ऐसे दर्जे पर पहुंच गए हैं, जहां राष्ट्रीयता-मात्र पर्याप्त नहीं है। हमारी आवश्यकताएं एवं समस्याएं बीसवीं सदी की हैं। हमारी निष्ठा समग्र मानवता के प्रति होनी चाहिए। हमें यह अनुभव करने में समर्थ होना चाहिए कि भले हमारे राष्ट्रीय हितों को हानि पहुंचे किन्तु यदि उससे मानवता का, मानव-जाति का रक्षण होता है तो वह उचित है। हमें विश्व की आध्यात्मिक एकता को विच्छिन्न करने में अपनी राष्ट्रीय निष्ठा का प्रयोग नहीं करना चाहिए।

हमें अपने वैयक्तिक तथा संघीय अभिमान एवं अहम् को त्याग देना चाहिए। मानवीय इतिहास का मूल दुर्गुण यह अभिमान है कि हमें ईश्वर ने ही दूसरों को शिक्षित करने और उन्हें अपनी जीवन-प्रणाली में परिनिष्ठित करने के लिए चुना है। यूनानी कवियों के अनुसार, हुब्रिस, अभिमान का औद्धत्य—व्यक्तिगत एवं राष्ट्रीय—ही सब दुःखान्तक घटनाओं का मूल है। यह अभिमान का प्रतिशोध ही था जिसने मिस्र के फराओं, यूनान के शासकों, फारस के सम्राटों, बगदाद के खलीफाओं और मध्यकालिक रोम के पोपों का अन्त कर दिया। निकट के और उदाहरण देना ज़रूरी नहीं है। केवल हेकड़ीबाज़ यह विश्वास करते हैं कि शेष जगत् का शासन करने योग्य पर्याप्त बुद्धि और गुण उनके पास हैं। जो अभिमान विनम्रता का उपहास करता है, वह बहुत ही खतरनाक होता है। परमात्मा उन लोगों को अपने ही ढंग पर शिक्षा देता है जो महती वास्तविकताओं की, मानव-मर्यादा की, मानवीय एकता की भावना की और सभी लोगों के स्वतन्त्रता के अधिकार की जान-बूझकर बहुत समय तक उपेक्षा करते रहते हैं।

आज हमें विनम्रता की भावना की आवश्यकता है। हमें यह रुख त्याग देना चाहिए कि हम ठीक हैं और हमारे विरोधी गलत हैं या यह कि हम जानते हैं कि हम पूर्ण नहीं हैं परन्तु निश्चित रूप से अपने शत्रुओं से अच्छे हैं। वर्षों के सामूहिक वध देखते-देखते हम निष्ठुर हो गए हैं और भयानकताओं को देख-देखकर कठोर हो गए हैं। बहुत उन्नत राष्ट्रों में भी बड़ी मात्रा में बर्बरता है और बहुत पिछड़ी हुई जातियों में भी सभ्यता का काफी बड़ा अंश है। एक ज़माने में सभ्यताएं बाहर से बर्बरों द्वारा नष्ट कर दी गई थीं; हमारे समय में इस बात की सम्भावना है कि वे अन्दर से उन बर्बरों द्वारा नष्ट कर दी जाएं जिन्हें हम पैदा कर रहे हैं। प्रौद्योगिकीय क्रान्ति की जोड़ी की एक नैतिक क्रान्ति करनी पड़ेगी। हमें नूतन मानवीय सम्बन्धों का विकास करना ही पड़ेगा और राष्ट्रों की बौद्धिक संघटना तथा नैतिक ऐक्य को प्रोत्साहित करना ही होगा। सरकारों को भी एक हृदय, एक अन्तःकरण, एक भावना, कि हम सब जाति एवं वर्ग के बन्धनों

से परे एक ही बिरादरी के सदस्य हैं, का विकास करना चाहिए।

यदि विश्व-निष्ठा की भावना बढ़ानी है, तो हमें जीवन की दूसरी परम्पराओं से गुण-ग्रहण की वृत्ति पैदा करनी होगी। यह देश बहुत दिनों से अनेक संस्कृतियों—आर्य, द्रविड़, हिन्दू, बौद्ध, यहूदी, पारसी, मुसलमानी और ख्रीष्टीय—का मिलनस्थल रहा है। आज जब संसार सिकुड़ता जा रहा है तो सभी जातियों एवं संस्कृतियों के इतिहास हमारे अध्ययन के विषय बनने चाहिए। यदि हम एक-दूसरे को ज़्यादा अच्छी तरह जानना चाहते हैं तो हमें अपने अलगाव की वृत्ति और बड़प्पन की भावना छोड़ देनी चाहिए और मान लेना चाहिए कि दूसरी संस्कृतियों के दृष्टिकोण भी उतने ही उचित हैं और उनका प्रभाव भी उतना ही शक्तिमान है, जितना हमारा है। मानव-जाति के इतिहास के इस संकट-काल में, हमें मानवीय प्रकृति को पुन: नूतन ढंग पर गठित करने की आवश्यकता है। इस सम्बन्ध में प्राच्य-पाश्चात्य अवबोध के लिए 'यूनेस्को' जो मूल्यवान कार्य कर रहा है, उसकी हम प्रशंसा करते हैं।

आज भी पूर्वी यूरोप, पश्चिमी एशिया और अफ्रीका में अशान्ति और संघर्ष वर्तमान है। जब संसार को किसी दूसरे महायुद्ध में लपेट लेने का खतरा दूर नहीं हुआ है तो हमें विनम्रता और अनुद्विग्नता से कार्य करना चाहिए। हमें दिखला देना चाहिए कि राष्ट्र भी स्वार्थ-रहित व्यवहार कर सकते हैं, जैसा कि कभी-कभी व्यक्ति करते हैं। भविष्य की लड़ाई मनुष्यों के मन और हृदय में जीती जानी चाहिए। हममें से हर एक अवबोधपूर्ण मानस और अनुतप्त हृदय का विकास करे। मैं आपको विश्वास दिलाता हूं कि तब राष्ट्रों के बीच युद्ध उसी प्रकार असामयिक हो जाएंगे जैसे व्यक्तियों के बीच के द्वन्द्व-युद्ध हो गए।

7

एक आत्मिक वृत्ति : एक जीवन-मार्ग

लोग एशियाई मानस के धार्मिक झुकाव और यूरोपीय मनोवृत्ति की वैज्ञानिकता पर ज़ोर देकर एशिया को यूरोप से भिन्न बताते हैं। इस भेद को इस तथ्य से समर्थित किया जाता है कि लगभग समस्त जीवित धर्मों का प्रादुर्भाव एशिया से हुआ है और जो चमत्कारपूर्ण वैज्ञानिक उपलब्धियां आधुनिक सभ्यता का गौरव हैं वे मुख्यत: पाश्चात्य मानस के बौद्धिक प्रयत्न एवं पैठ का परिणाम हैं। यदि हम इन बातों पर दूर दृष्टि से विचार करें तो देखेंगे कि महान धार्मिक प्रतिभाएं पश्चिम में भी हैं, जैसे कि लन्धकीर्ति वैज्ञानिक पूर्व में हैं। आधुनिक इतिहास के रीजियस[1] प्रोफेसर लार्ड ऐक्टन ने 11 जून, 1895 को कैम्ब्रिज में जो उद्‌घाटन-भाषण दिया था, उसमें कहा था : "जब हम तीन हजार वर्षों को अलग करके, चार सौ वर्षों का निरीक्षण करेंगे तो हमें कोई दर्शन प्राप्त नहीं हो सकता। यह एक अपूर्ण तथा भ्रमात्मक स्थापना होगी।"

धर्म और विज्ञान, श्रद्धा और तर्क मानव-प्रकृति के विभिन्न पक्षों का प्रतिनिधित्व करते हैं। हममें से प्रत्येक धार्मिक और वैज्ञानिक दोनों ही हैं। ज़्यादा से ज़्यादा यह दोनों में से एक पर ज़ोर देने की बात है। इस प्रावधान के साथ मैं इस पुरातन देश की, जो वृद्ध और तरुण दोनों है, प्रेरक भावना—प्रेरक भावना या आत्मा जिसने पूर्व के अनेक भागों और पश्चिम के भी कुछ भागों पर प्रभुत्व रक्खा है—पर संक्षेप में विचार करूंगा। अंगकोरवाट, बोरोबुदुर और अनेक दूसरे अवशेष प्रतिष्ठा के हमारे दावे की ओर, सभ्यता के प्रति हमारी देन की ओर इंगित करते हैं। भारत एक मानसिक चौखटा है; एक मानसिक वृत्ति है; आत्मा की एक प्रेरणा है; जीवन का एक मार्ग है। इसका धर्म, अपने सर्वोत्तम रूप में, वैज्ञानिक और लौकिक, राजनीतिक एवं आध्यात्मिक है। वह जीवन को किस रूप में देखता है ?

1. जागतिक विकास की प्रक्रिया पदार्थ से जीवन की ओर जाती है, जीवन से जैवमानस, जैवमानस से मानवीय प्रज्ञा और इसके बाद का कदम है—मानवीय प्रज्ञा से आध्यात्मिक मुक्ति। हमारी बौद्धिक चेतना दीप्त चेतना बन जानी चाहिए। जबकि अमानवीय स्तरों पर गति अपने-आप या नैसर्गिक होती है; मानव-स्तर पर विकास केवल चेतन एवं स्वेच्छापूर्ण प्रयत्न से ही सम्भव है।

2. मनुष्य एक मुक्त प्राणी है—वह स्वतंत्र कर्ता है। अभिकर्ता स्वतन्त्र है। प्रत्येक व्यक्ति में आत्मा की चिनगारी है। यह आत्मा की उपस्थिति ही है जो मानव-स्वभाव को एक मर्यादा प्रदान करती है। यही लोकतन्त्र का आधार है।

1. हेनरी अष्टम द्वारा स्थापित कैम्ब्रिज एवं आक्सफोर्ड पीठ के प्रवक्ता।

यही मानवीय अधिकारों की सार्वभौम घोषणा का औचित्य है।

3. आरफियसवादी (रहस्यवादी) कहते हैं कि हम पृथिवी-पुत्र हैं और नक्षत्रांकित गगन के भी पुत्र हैं। मनुष्य पृथिवी और स्वर्ग, धूल एवं देवता दोनों का मिश्रण है। हमारे भीतर जो जीवात्मा है वह अनेक अनाध्यात्मिक स्तरों में लिपटा हुआ है। यदि हम वैषयिक-वस्तुपरक घटनाओं में खो जाते हैं तो मानव की स्वतन्त्रता अव्यक्त रह जाती है। तब आत्मनिष्ठ पदार्थनिष्ठ होकर रह जाता है—मानस-रहित, विचार-रहित तथा भावना-रहित। यदि मनुष्य अपनी आत्म-निष्ठता, अपनी आन्तरिकता को पुनः प्राप्त कर लेता है, तो वह अनाध्यात्मिक का नियन्त्रण करने योग्य हो जाता है और आध्यात्मिक लक्ष्यों के लिए उसका उपयोग कर सकता है। आत्मा और प्रकृति में कोई विरोध नहीं है। प्रकृति को आत्मा के वशीभूत, नियन्त्रित किया जा सकता है।

धर्म का अभिप्राय ही अपने सम्पूर्ण जीवात्मा को, शरीर, मन, हृदय और संकल्प को अनुशासित रखने में हमारी सहायता करना है। प्रार्थना, ध्यान एवं आत्म-नियन्त्रण द्वारा हम अपने सम्पूर्ण व्यक्तित्व को संग्रथित करते हैं।

4. संग्रथित व्यक्तित्व, फिर चाहे जिस भी धर्म को वे मानते हों और चाहे जिन जातियों के हों, एक ही परिवार के सदस्य हैं। जो भी पर्वत-शृंग पर आरोहण कर जाते हैं, वे नक्षत्रों तक पहुंच जाते हैं। ऐसा धर्म अपवर्जक अथवा एकाधिकार-प्रिय नहीं हो सकता। यदि हम सामाजिक यन्त्र—प्रथाओं एवं रीतियों, खान-पान की आदतों और वैवाहिक नियमों के पीछे पहुंच सके तो हमें ज्ञात होगा कि बल आध्यात्मिक जागरण पर, नैतिक पुनर्जन्म पर दिया गया है। मूल में सभी धर्म परस्पर-ग्रथित हैं और वे शिखर पर मिलते हैं।

5. अपने इतिहास के आरम्भ से ही भारत के दृष्टिकोण में सार्वदेशिकता रही है। ऋग्वेद हमें बताता है कि 'प्रेमी ऋषि उस रहस्यमयी सत्ता को देखता है, जहां सम्पूर्ण जगत् एक ही गृह प्राप्त करने के लिए आता है।'[1]

भ्रातरो मनुजाः सर्वे स्वदेशो भुवनत्रयम्।

सब मनुष्य, श्वेत एवं कृष्ण, हिन्दू और मुसलमान, ईसाई और यहूदी भ्राता हैं, और हमारा देश त्रिभुवन है। हमें उन वस्तुओं के प्रति श्रद्धा रखनी चाहिए जो तर्कपूर्ण ज्ञान की सीमा के परे हैं और जिनके विषय में कुछ भी कहना कठिन है। सब मिलाकर मानव-जाति के लिए हमारी आशा उस सम्मान एवं श्रद्धा पर आधारित थी जो मनुष्य दूसरे लोगों के विचारों के प्रति रखते थे। दूसरों पर अपने विचारों को लादने का यत्न नहीं होना चाहिए। एक प्रसिद्ध श्लोक में कहा गया है :

1. वेनस्तत्पश्यन्निहिता गुहा सद्यात्रा विश्व भवत्यंकनीडम्।

उत्तरं यत् समुद्रस्य हिमाद्रेश्चैव दक्षिणम्।
वर्षं तद् भारतं नाम, भारती यत्र सन्ततिः।

जब विभिन्न धर्मावलम्बी इस देश में एकत्र होते हैं तो देश के आध्यात्मिक नेता विभिन्न लोगों को अपनी परम्पराओं की शिक्षा देते हैं और नैतिक आचरण के नियमों में उन्हें प्रशिक्षित करते हैं : स्वं स्वं चरित्रं शिक्षेरन्...।[1] भगवद्गीता हमें कहती है कि हमें लोगों के मन में केवल इसलिए भ्रान्ति नहीं उत्पन्न करनी चाहिए कि हम समझते हैं कि वे अज्ञान और कर्मासक्त हैं।

न बुद्धिभेदं जनयेदज्ञानं कर्मसङ्गिनाम्।

भारत ने दो में से किसी भी दर्शन को ग्रहण नहीं किया। जीवन समस्त विपरीतताओं पर विजय प्राप्त करता है; उन्हें नष्ट करके नहीं, अपितु एक बृहत्तर और व्यापक ढांचे में उनको बुनकर। इसी दृष्टिकोण का परिणाम है कि भारत में विभिन्न धर्मों का शान्तिपूर्ण सह-अस्तित्व रहा है और वे एक-दूसरे को प्रभावित करते रहे हैं—यद्यपि यह परम्परा बीच-बीच में कुछ धर्मों की धर्म-परिवर्तनकारी कार्रवाइयों से बुरी तरह क्षतिग्रस्त भी होती रही है।

भारतीय राज्य का धर्मनिरपेक्ष रूप उस सम्मान पर, बल देता है जो इस देश में बसने वाले सब धर्मों के प्रति वह प्रदर्शित करता है। भारत अनेक बार इससे हट भी गया है और फलस्वरूप हानि उठाई है।

हमारी सभ्यता के नैतिक एवं आध्यात्मिक मूल्य कदाचित् एक बृहत्तर मानवीय भ्रातृत्व के आधार का काम दे सकते हैं।

प्रगति यानी मानव-पीढ़ी को प्रज्ञा एवं सद्गुण की नूतन ऊंचाइयों तक ले जानेवाली प्रगति अनिवार्य नहीं है। मनुष्य बुरा करने में भी समर्थ है, जैसाकि वह भला करने की भी सामर्थ्य रखता है।

भविष्य के विषय में कुछ भी अनिवार्य नहीं है। हम स्पेंगलर जैसे निश्चयवादियों के साथ सहमत नहीं, जो कहता है कि "संस्कृति का इतिहास किसी वैयक्तिक जीव या किसी प्राणी या कोई वृक्ष या पुरुष के इतिहास की ठीक प्रतिवस्तु है।" ऐतिहासिक घटनाएं भौतिक या जीवशास्त्रीय घटनाओं की भांति नहीं हैं। उनमें प्राकृतिक परिस्थितियां और आध्यात्मिक शक्तियां एक-दूसरे पर अपनी प्रतिक्रिया करती हैं। स्वतन्त्रता और आवश्यकता एक जीवन्त ऐक्य, एक जीवित सम्पूर्ण में परस्पर आलिंगन करती हैं—जुड़ जाती हैं। हम विनाश में संकट में कूदेंगे या स्वप्न में भी न देखी गई ऊंचाइयों पर चढ़ जाएंगे, यह सब हमारे ही ऊपर निर्भर करता है। जॉन डेवी घोषित करते हैं : "प्रगति के भविष्य के विषय

1. मनु कहते हैं :

एतद्देशप्रसूतस्य सकाशादग्रजन्मनः।
स्वं स्वं चरित्रं शिक्षेरन् पृथिव्यां सर्वमानवाः॥

में मैं केवल इतना ही जानता हूं कि यह कहना मनुष्य पर ही निर्भर करता है कि वह उसे चाहता है या नहीं।"[1] मानव-जाति जिस नियति को अपने बौद्धिक एवं नैतिक अनुशासन से तैयार करती है उसके सिवा और कोई नियति उसकी प्रतीक्षा नहीं करती।

जो नूतन शक्तियां मानवीय इतिहास की दिशा को रूप दे रही हैं; नहीं, उसे बदल रही हैं, उनमें सबसे महत्त्वपूर्ण है अणु-केन्द्रकों में बन्द शक्तियों को मुक्त करने के उपायों का आविष्कार। यह नई शक्ति भलाई और बुराई दोनों के लिए प्रयुक्त हो सकती है। हममें से अनेक लोग, जो हमारे द्वारा की हुई प्रौद्योगिकीय प्रगति तथा छिछोरपन, अशिष्टता, उजड्डपन तथा हमारे मनों की संकुचितता के बीच स्पष्ट विरोध देखते हैं, निराशा से भर गए हैं। हमने अणुबम बनाए और पिछले युद्ध में उनका प्रयोग किया। उद्जन-बम भी बना लिए गए हैं और किसी दूसरे युद्ध में प्रयुक्त हो सकते हैं। वैज्ञानिक हमें बताते हैं कि आणविक परीक्षण भी अज्ञात एवं अनुत्पन्न पीढ़ियों को असामान्यता, अंग-भंग, उत्पीड़न, रोग और शीघ्र मृत्यु से अभिशप्त कर देंगे। इस समय भी हमारे भण्डार में जो बम हैं, वे इस ग्रह पर से समस्त जीवन का अन्त कर देने के लिए पर्याप्त हैं। अपने को नष्ट कर देने की मनुष्य की योग्यता लगभग परिपूर्ण हो गई है।

मनुष्य-जाति आज कसौटी पर है। हमारी बौद्धिक शक्ति और हमारे अमानुषी कृत्य के बीच जो विरोध है उसने चिन्तना और समस्त विश्व के भावना-प्रवण व्यक्तियों को निराशा से भर दिया है। अपनी मृत्यु के कुछ पहिले एच० जी० वेल्स ने लिखा था, "एक भयानक विचित्रता जीवन में आ गई है। अभी तक घटनाएं किसी तार्किक संगति से एक-दूसरे के साथ गुंथी रही हैं—जैसे कि आकाशीय पिण्ड या नक्षत्र एक-दूसरे के साथ गुरुत्वाकर्षण के स्वर्ण-सूत्र में बंधे रहे हैं। अब तो ऐसा लगता है कि वह सूत्र लुप्त हो गया है और वह सर्वत्र किसी तरह किसी भी जगह निरन्तर बढ़ते हुए वेग से दौड़ा चला जा रहा है। लेखक का विश्वास है कि आस-पास या इस बन्द गली से बाहर जाने का कोई मार्ग शेष नहीं है। यह हमारा अन्त है।"[2]

आणविक अस्त्रों में नवीनतम प्रगति होने के पूर्व ही एच० जी० वेल्स ने यह लिखा था। महान मनोवैज्ञानिक कार्ल गुस्तेव जुंग हमसे कहते हैं, "आत्मा का विपथगामी विकास निश्चय ही हमें सामूहिक मानसिक विनाश तक पहुंचा देगा। वर्तमान स्थिति इतनी भयानक है कि कोई अपना यह संशय छिपा नहीं सकता कि स्रष्टा दूसरा जल-प्रलय संयोजित कर रहे हैं, जो मनुष्य की वर्तमान जाति को अन्तिम रूप से नष्ट कर देगा।"

फिलिप टोयनबी की पुस्तक 'दि फियरफुल च्वायस' (भयानक विकल्प) में

1. जोज़ेफ़ रैटनर : दि फिलासफ़ी आफ जान डेवी, पृ० 461।
2. दि माइण्ड ऐट दि एण्ड आफ इट्स टेथर, पृ० 4-5।

कैण्टरबरी के आर्कबिशप डा० फिशर लिखते हैं कि जो कुछ वह जानते हैं, उससे 'यह परमात्मा का पूर्व विधान ही जान पड़ता है कि मानव-जाति अपने को आणविक अस्त्रों से नष्ट कर ले।' वह कहते हैं कि "ऐसा कोई प्रमाण नहीं है कि मानव-जाति सदा बनी रहे बल्कि ख्रीष्टीय धर्मग्रन्थों में इसकी प्रतिकूल स्थिति के पर्याप्त प्रमाण पाए जाते हैं।"[1]

जब नैतिक मनोवेग आणविक अस्त्रों से सज्जित हैं तो हमारे सामने भयानक संयोग उपस्थित हैं और हमारे करुणाशील बुद्ध या पीड़ाक्षम ख्रीष्ट की शिक्षाओं की ओर लौटने की अपेक्षा उस कबीलाई ईश्वर के समादेशों की ओर ही लौटने की अधिक सम्भावना है जिसने अपने आदमियों को हुक्म दिया था कि अपने शत्रुओं को निर्दयतापूर्वक नष्ट कर दो : "उन्हें छोड़ना मत, बल्कि पुरुष, स्त्री, बच्चे और दूध-पीते शिशु, बैल तथा भेड़, ऊंट तथा गधे—सबको मार डालो।" यही बात तो घटित हुई थी हिरोशिमा में, जब तीन लाख निवासियों का नगर 6 अगस्त, 1945 को खत्म कर दिया गया जिसमें एक-तिहाई आदमी मारे गए तथा बहुतेरे घायल हुए। युद्ध अब सदा से अधिक बर्बरतापूर्ण, अधिक विनाशक और अधिक अध:पतनकारी हो गया है।

इस भयानक सम्भावना का यह कोई उत्तर नहीं है कि हम आणविक भौतिकी में होनेवाली वैज्ञानिक प्रगति को बन्द कर दें। ये वैज्ञानिक उपलब्धियां हमारी बौद्धिक निधि का परिणाम तथा मानवीय विकास का अंग हैं। नूतन ज्ञान की खोज बन्द नहीं की जा सकती। हमें नवीन विचारों, नूतन जीवन-मार्गों को अवलम्ब लेना होगा। यदि हम दूसरों को स्थान नहीं देना चाहते तो हमें अपनी सम्भावनाओं को अधिकाधिक चरितार्थ करना होगा।

मानवता का विनाश निर्वैयक्तिक शक्तियों अथवा अति-प्राकृत व्यवस्थाओं का परिणाम नहीं होगा। यदि वह घटित हुआ तो वह मनुष्य की हठधर्मी और हेकड़ी, जिसे यूनानी 'हाइब्रिस' कहते थे, सत्ता के लिए अनुशासनविहीन आसक्ति (जिसने मानवीय इतिहास के कितने ही पृष्ठों को कुत्सित किया है) का सीधा फल होगा।

हमें निराश होने या श्रद्धा का त्याग करने की आवश्यकता नहीं है। हमें जगत् के केन्द्र में, अन्तर् में जो प्रकाश एवं प्रेम है, उससे प्रदीप्त होकर सर्जनात्मक एवं साहसी बनना पड़ेगा। सबके लिए शान्ति, स्वतन्त्रता एवं सुरक्षा का नूतन विश्व उन्हींके द्वारा प्राप्त किया जा सकता है, जो महत् आध्यात्मिक आदर्शों से प्रेरित हैं। इस महती उथल-पुथल के बीच संश्लिष्ट एवं सार्थक जीवन बिताने

1. संत पाल गिर्जाघर के केनन आर० जे० कार्लिस ने कहा है कि "यह ईश्वर का पूर्व-विधान हो सकता है कि हम अपने को बमों से उड़ा दें किन्तु इससे मुझे या आर्कबिशप को कोई क्षमा प्राप्त नहीं होगी, यदि एक बुरी नीति, आणविक अस्त्रों पर अपनी जीवन-पद्धति के रक्षण के लिए भरोसा रखने को हम दरगुज़र कर जाते हैं।"

का यही एकमात्र मार्ग है। जिस बात की आवश्यकता है, वह ज्ञान नहीं, उदारता है। यदि हमारी सर्वोत्तम योजनाएं असफल हो जाती हैं; यदि हमारे सम्मेलन गत्यवरोध या ज़िच में समाप्त होते हैं, या हमारी विज्ञप्तियां कटूक्तियों का विनिमय करती हैं तो यह सब इसलिए कि वे ऐसे आदमियों के हाथ में होती हैं, जिन्होंने आन्तरिक अभिवृद्धि की पीड़ा नहीं भोगी है। व्यक्तियों के रूप में हम पहले से अधिक मानवीय, अधिक करुणाशील हैं। बहुत सारी स्वार्थ-रहित दयालुता दिखाई भी पड़ती है, किन्तु समूह या दल के सदस्यों के रूप में हम उतने निःस्वार्थ नहीं हैं। हम अपने सम्बन्ध में मोह से पूर्ण और मतभेद रखनेवालों के प्रति उत्तेजनापूर्ण घृणा से भरे हुए हैं। जब तक हम अपना पुनर्निर्माण नहीं करते, हमारी सम्पूर्ण बाह्य सफलताएं हमें कोई सहायता न पहुंचा सकेंगी। हमें जिस चीज़ की आवश्यकता है, वह ज़्यादा अच्छा संघटन नहीं वरन् दिशा एवं दृष्टिकोण का परिवर्तन है। हम संयुक्त राष्ट्र संघ के सदस्य हो सकते हैं, परन्तु हम तब तक सफल नहीं हो सकते जब तक राष्ट्रीयतापूर्ण मूर्तिपूजा तथा सत्ता की राजनीति के प्रभुत्व-तले हैं। हमारे मन संशयग्रस्त, विभाजित तथा खण्डित हो रहे हैं। हमें मानवीय प्रकृति की अन्धता और संसार के विद्वेष के विषय में भ्रान्ति नहीं होनी चाहिए। जीवात्मा विभाजित है। वह भला करना चाहती है, पर करती नहीं; वह बुराई से दूर रहना चाहती है, परन्तु बुराई का निराकरण करने की इच्छा, अधिक शक्तिमान मनोवेग के आगे कन्धा डाल देती है।[1] हम शान्ति के लिए प्रार्थना करते हैं, किन्तु संघर्ष एवं द्वन्द्व को बढ़ाते हैं। यदि व्यक्ति के लिए अपने हित को, स्वार्थ को राष्ट्र के हित के ऊपर रखना गलत समझा जाता है तो राष्ट्र के मामले में भी राष्ट्रीय हित को मानवता के बृहत्तर कल्याण के ऊपर रखना गलत है।

यदि हम 'पहिले स्वर्ग के राज्य की तलाश करो' के सिद्धान्त का उल्लंघन न करें तो ऐसी जगह हठधर्मी-रहित अर्थ में धर्म बड़ा सहायक सिद्ध हो सकता है; हमारा विक्षत और व्यग्र समाज एक नूतन व्यवस्था में प्रवेश कर सकता है। आत्मा का रोग केवल धर्म के ऐसे अनुशासन से अच्छा हो सकता है जो अन्तर्राष्ट्रीय सम्बन्धों में भी इस सिद्धान्त की स्थापना करता है कि हम सब एक-दूसरे के सदस्य हैं। राष्ट्रीय नेताओं को अपने राष्ट्रों के रक्षण से बृहत्तर कल्याण की कल्पना करनी चाहिए। हमारे मन एवं हमारे हृदयों के बदले जाने की आवश्यकता है। हमें मानवीय महत्ता में, मानवता एवं सदिच्छा में जीना एवं विकसित होना चाहिए।

---

1. जानामि धर्मं न च मे प्रवृत्तिः
जानाम्यधर्मं न च मे निवृत्तिः।
रोमांस 7 भी देखिए।

8

राष्ट्रीय एकता तथा नई विश्व-व्यवस्था

राष्ट्रीय संग्रथन एक ऐसी समस्या है जिससे सभ्य राष्ट्र के रूप में हमारे जीवित रहने का प्रश्न जुड़ गया है। हम अपनी पुरातन सभ्यता में, जो लगातार एवं अखण्डित चली आ रही है, गौरव का बोध करते हैं। कहा जाता है कि इससे पहिले सभ्य जीवन मिस्र और बैबिलोन में आरम्भ हुआ किन्तु इन राष्ट्रों के अतीत को वर्तमान से मिलानेवाली कड़ियां पूरी तरह टूट चुकी हैं। फराओ सम्राटों अथवा सुमेरुवासियों अथवा उनकी संस्थाओं की कोई जीवित स्मृति शेष नहीं है। किन्तु भारतीय सभ्यता की आधारभूत धारणाएं—आध्यात्मिक, नैतिक एवं सामाजिक—अब भी प्रयोग में आ रही हैं[1] और भारतीय संस्कृति की स्थापिका उन्हींके कारण बनी हुई है—उस भारतीय संस्कृति की जो प्रायः असम्भव ऐतिहासिक परिस्थितियों में भी चार सहस्र वर्षों से जीवित है।

राष्ट्रीय भावना जिस देश में हम रहते हैं उसकी भूमि के प्रति प्रेम, ऐतिहासिक परम्पराओं—जिन्हें हम विरासत में पाते हैं—तथा एक सर्वनिष्ठ भविष्य की आशा के कारण जीवित रहती है। हम अतीत का स्मरण करते हैं, वर्तमान के प्रति जागरूक रहते हैं और भविष्य के लिए कर्म करते हैं।

भारत एक भौगोलिक तथ्य है। भौगोलिक दृष्टि से भारत एक ऐसी विस्तृति है जो सागरों और पर्वतों से घिरा हुआ है और जिसमें जगह-जगह महानदियों पर बने बांध हैं, बीच-बीच में खानें हैं। उत्तर में हिमालय और दक्षिण में सागर से घिरे इस क्षेत्रफल में जो लोग रहते हैं, वे सब भारतीय हैं—फिर चाहे वे हिन्दू, मुसलमान, सिख, ईसाई जो भी हों (तद्वर्षं भारतं नाम, भारती यत्र सन्ततिः)। भारत उन सबकी मातृभूमि है जो इसमें रहते हैं। विविध उद्गमों एवं स्रोतों से निकले लोग भारत आए और उसकी संस्कृति को प्रभावित किया, जो एक है, यद्यपि अपनी अभिव्यक्तियों में विविधरूपा है। भारत कभी पूर्णतः एक सम्राट के शासकीय प्रभुत्व में नहीं रहा—यद्यपि वह अशोक, समुद्रगुप्त और अकबर के काल में बहुत कुछ इसके निकट पहुंच गया था। ब्रिटिश प्रभुत्व ने समस्त भारत को शासकीय ऐक्य प्रदान किया। आज हमारा प्रजातन्त्र कश्मीर से कन्याकुमारी तक और कच्छ से आसाम तक फैला हुआ है। शताब्दियों से भारत की एकता लोगों का आदर्श रही है। महाभारत कहता है कि भारत के सब निवासी, सुदूर

---

1. प्रोफेसर बाशम कहते हैं: "भारत की पुरातन सभ्यता, मिस्र, मेसोपोटामिया एवं यूनान से इस विषय में भिन्न है कि इसकी परम्पराएं, बिना किसी विच्छेद के, आज तक सुरक्षित हैं।···विश्व में भारत और चीन सबसे प्राचीन, नैरन्तर सांस्कृतिक परम्पराएं रखनेवाले देश हैं।"—दि वण्डर दैट वाज़ इण्डिया (1954), पृ० 4

दक्षिण के निवासियों-सहित, कुरुक्षेत्र-युद्ध के समय एकत्र हुए थे।

विंसेण्ट स्मिथ का कथन है: "बिना किसी संशय के भारत में एक गहन अन्तर्निहित मौलिक एकता है और वह उससे कहीं अगाध है जितनी भौगोलिक अलगाव अथवा राजनीतिक प्रभुसत्ता से आविर्भूत हो सकती है। वह एकता, रक्त, वर्ण (रंग), भाषा, वस्त्र-विन्यास, आचार एवं सम्प्रदाय की असंख्य विविधताओं को पार कर जाती है।"[1] राजनीतिक प्रकल्पनाओं तथा आर्थिक व्यवस्थाओं के पीछे सांस्कृतिक बन्धन हैं। भारत पिछली चालीस शतियों से आत्मोन्मुखी प्रेरणा का घर रहा है; और यहां विभेदों के बीच ऐक्य का विकास करने का मानवीय मेधा का अत्यन्त आश्चर्यजनक प्रयास चलता रहा है। ज्ञात और अज्ञात स्थानों से आए हुए मानवों की धारा इस देश में बही है: आर्य, द्रविड़, शक, हूण, पठान और मोगल।

हमारे इतिहास के आरम्भ से भारत एक बहुभाषी, बहुजातीय और बहुधर्मी समाज रहा है।[2] यह विविध जातियों एवं संस्कृतियों को संगमस्थल है।

भारत का ऐतिहासिक मिशन मानवों की विभिन्न जातियों, विभिन्न धार्मिक विश्वासों के बीच ऐक्य स्थापित करता रहा है—और यह उनका उच्छेद करके नहीं वरन् उनके बीच सामंजस्य और समन्वय की स्थापना द्वारा। मनु जैसा कट्टर स्मृतिकार भी कहता है:

[3]एतद्देशप्रसूतस्य, सकाशादग्रंजन्मनः।
स्वं स्वं चरित्रं शिक्षेरन्, पृथिव्यां सर्वमानवाः॥

संसार के सब लोग अपनी परम्पराओं के विषय में इस देश के प्रमुख शिक्षकों से ज्ञान प्राप्त करेंगे। भारतीय परम्परा धर्म को स्वीकृति देने की और जहां भी मूल्य प्राप्त हों, उनको पहिचानने की रही है।[4] हमारे ऋषि विभेदों के महत्त्व को समझते थे। उपनिषद् के ऋषियों, बुद्ध, महावीर, आचार्य-गण, रामानन्द,

1. विसेंट स्मिथ : दि आक्सफोर्ड हिस्ट्री आफ इण्डिया, पर्सीविल स्पीयर द्वारा सम्पादित, 1958, पृ० 7
2. देखिए कूर्म पुराण
भारतेषु स्त्रियः पुंसो नानावर्णाः प्रकीर्तिताः।
नानादेवार्चने युक्ताः नाना कर्माणि कुर्वते॥
3. पाठान्तर : एतद् के स्थान पर अस्मद।
4. देखिए कुरान :
"ओ मानव-जाति! अपने प्रभु का स्मरण कर, जिसने तुझे पैदा किया है; जिसने मनुष्य (आदम) से उसकी संगिनी (हव्वा) पैदा की है और फिर दोनों ने न जाने कितने पुरुष और स्त्रियां पैदा करके दुनिया में फैला दिए हैं। इसलिए उस प्रभु को स्मरण रख, जिसके नाम पर तू परस्पर रिश्ते कायम करता है और उस रिश्ते की इज़्ज़त करता है।"
—सूरा 4, निसा भाग 8, मौलाना अबुल कलाम आज़ाद के अनुवाद से।

कबीर, नानक तथा हाल के रामकृष्ण, राममोहन राय, रवीन्द्रनाथ और गांधीजी ने भारत के सब लोगों को एक ही ईश्वर का उपदेश किया है।

हमारे इतिहास के आरम्भ से भारत अनेकता में एकता की स्थापना के लिए सचेष्ट रहा है। अनेक विघ्न-बाधाओं और दुर्भाग्य के होते हुए भी भारत इस लक्ष्य की प्राप्ति के लिए यत्नवान रहा है। हमारे इतिहास के स्वर्णिम युगों में हमने सर्वधर्मसमन्वय के इस सिद्धान्त पर बल दिया है।

अशोक ने, जिसके दूतों ने भारतीय विचारों को एशिया माइनर तक पहुंचाया और एसीनीज़ तथा ख़्रीष्टीय सिद्धान्त को प्रभावित किया, अथवा सिद्धान्त-वाक्य शिलाओं पर खुदवा दिया था—समवाय एव साधुः। एकमात्र समवाय ही श्लाघ्य है। भारतीय विचार की संकल्पनाएं, जो रोमन साम्राज्य में छनकर पहुंच गई थीं, सिकन्दर और अशोक द्वारा उद्‌घाटित स्रोतों के द्वारा बहती रहीं। फाहियान ने 401 से 410 ई० तक भारत का भ्रमण किया था। उसके प्रमाण के अनुसार 320 ई० से 380 ई० तक गुप्त शासन का स्वर्ण-युग पूर्ण धार्मिक सहिष्णुता के लिए विख्यात था। गुप्त सम्राट् विष्णु के पूजक थे किन्तु उन्होंने बौद्धों और जैनियों को पूजा की पूर्ण स्वतन्त्रता दे रखी थी। उन्हें अपने पवित्र स्थानों—तीर्थों—को समृद्ध करने की पूरी छूट थी। सम्राट हर्षवर्धन जिसने भारत के बहुत बड़े भाग पर 606 ई० से 647 ई० तक राज्य किया था, शिव के भक्त थे, किन्तु सूर्य और बुद्ध का भी बहुत सम्मान करते थे। बाण के हर्षचरित के अनुसार उन्होंने विभिन्न धर्मों के प्रतिनिधियों का एक सम्मेलन बुलाया था। सबसे बड़े मुगल सम्राट् अकबर ने भी धार्मिक सहिष्णुता पर आचरण किया था। उसने 'मत की दीर्घ सहिष्णुता, जाति एवं धर्म के विचार बिना सबके प्रति न्याय, धरती के बोझ में कमी, समाज के समस्त वर्गों—राजपूत राजा, उजबेक एवं मुगल सामन्तों, अफगान स्रोत से आकर बसनेवालों तथा देशज निवासियों—के हितों को परस्पर ग्रथित करने के सिद्धान्तों की स्थापना की चेष्टा की।'[1]

हमारे ह्रास के युगों में असहिष्णुता और कट्टरता का बोलबाला रहा। जब हम अनम्य—कठोर—और मतान्ध हुए, तभी हमारी अवनति हुई और जब हम सहिष्णु और मैत्रीपूर्ण रहे, तभी हम समृद्ध हुए। हमारे इतिहास की विपत्तियां हमें सहिष्णुता एवं सदिच्छा के गुणों को अपनाने की आवश्यकता की शिक्षा देती हैं।

Ye may know each other
Not that ye may despise each other.
S. XLIX 13.

तुम एक-दूसरे को जानो
न कि तुम एक-दूसरे से घृणा करो।

1. मैलिसन : अकबर (1890), पृ० 171

गुरु ग्रन्थसाहिब में भारतीय परम्परा की प्रेरणा से पूर्ण भजन हैं। वे हिन्दुओं और मुसलमानों, दोनों के ग्रन्थों से लिए गए हैं। एक मुसलमान सन्त हज़रत मियांमीर को अमृतसर के स्वर्ण-मन्दिर का शिलान्यास करने के लिए आमन्त्रित किया गया था।

आज भारत मानव-जाति के जीवित धर्मों का घर है और उनके अनुयायी एक-दूसरे के साथ शान्ति एवं मैत्रीपूर्वक रहते हैं : यद्यपि कभी-कभी इसमें बाधा-विघ्न भी पड़ते रहते हैं।

मनुष्य में स्वयं अपने को पार कर जाने, अपने से ऊपर उठने और जानने, अधिकाधिक प्यार करने की उच्चाकांक्षा है।

हमारी अन्तरात्मा हमें आगे की ओर धकेलती है। यही मनोवेग धर्म का मूल बताया जाता है किन्तु धर्मों के कारण हमें विभाजित होने की आवश्यकता नहीं है। चाहे हम मन्दिर में पूजा करें, मस्जिद में प्रार्थना करें अथवा गिरजा-घर में दण्डवत् करें, हम सब प्रभु की गृहस्थी के सदस्य हैं।

जब यह कहा जाता है कि हमारा राज्य धर्मनिरपेक्ष है, तब इसका अर्थ इतना ही है कि राज्य किसी एक धर्म में बंधकर नहीं रह गया है वरन् तब तक सब धर्मों का रक्षण और सम्मान करता है जब तक उनके अनुयायी इस तरह आचरण नहीं करते कि उससे नैतिक अन्त:करण पर आघात हो या देश की एकता के लिए खतरा पैदा हो। धर्मनिरपेक्षता धार्मिक प्रतिद्वन्द्विताओं को दूर करने का प्रयत्न करती है; यह राजनीतिक अभिप्रायों के लिए धार्मिक विश्वास के दुरुपयोग या शोषण को अनुत्साहित करती है। हमारा विधान सबको उपासना की स्वतन्त्रता देता है; यह धार्मिक अभिप्रायों के लिए अपना संघटन करने की अनुमति देता है। इसने पृथक् निर्वाचक-मण्डलों की समाप्त कर दिया है और हमारे निर्वाचन-कानून में व्यवस्था है कि मतदाता की जाति, प्रजाति, समाज या धर्म के नाम पर नियमित अपील एक भ्रष्टाचार है जिसके कारण एक निर्वाचित व्यक्ति का निर्वाचन रद्द हो सकता है।

किसी सच्चे धर्म की कसौटी यह है कि वह किस सीमा तक व्यक्ति एवं समाज-व्यवस्था को बदल सकता है। इसे हमारे सामाजिक जीवन और धार्मिक प्रथाओं के अंधेरे स्थानों को प्रदीप्त करना ही चाहिए। ऋग्वेद कहता है कि मानव-जाति एक ही है—एकैव मानुषी जातिः। सब मनुष्य भाई हैं : भ्रातरो मानवाः सर्वे। सभी धर्म सिखाते हैं कि मानव-प्राणी असीम मूल्यवाला है और सम्मान एवं प्रेमपूर्ण कृपा के योग्य है—विशेषतः वे जो अभागे हैं, जिनको गहरे घाव लगे हैं, वे हमारी सर्वाधिक सहानुभूति के पात्र हैं।

आचार-संहिता का ही नाम धर्म है: धारणाद् इति आहुः। जो समाज को एक में बांध रखता है वही धर्म कहा जाता है। जो संस्थाएं और प्रथाएं समाज को विच्छिन्न करती हैं, फिर उनकी पुरातनता चाहे जितनी ही सम्मानार्ह हो, उन्हें समाप्त कर देना चाहिए। अतीत की आध्यात्मिक विरासत को मृत बोझ से

अलग करके पहिचानना चाहिए। यज्ञ-वेदिका से हमें दहकती आग, न कि बुझी राख, लेनी चाहिए।

जाति-व्यवस्था के विकास का ऐतिहासिक आधार जो भी रहा हो, उसने प्राचीन उपनिषद् के महत् आदर्श को, जो घोषित करता है कि मानव-प्राणी आत्मा का एक स्फुल्लिंग, ईश्वर की एक किरण है, अपमानित किया है। इसपर भी हमने लोगों को अलग करनेवाली प्रस्तर-भित्तियों का निर्माण किया और किसीको उच्च और दूसरों को निम्न बताया। हमने लोगों के मन को पंगु एवं उनके जीवन को संकुचित बना दिया। हमारे समाज की वर्जनाएं एवं निषेध मानवात्मा का क्षरण करते और उसे तोड़ देते हैं। कभी-कभी हम गहन प्रज्ञा की सूक्ष्म अभिव्यक्ति कहकर अपने अन्धविश्वासों का समर्थन करते हैं। हम जिस आत्मवञ्चना से अपने को आच्छन्न करते हैं, उससे हमें छूटना ही होगा। कुछ लोग ऐसे हैं जो यदि नास्तिकता द्वारा हमारा जीवन भ्रष्ट प्रथाओं से स्वच्छ होता हो तो उसका स्वागत करेंगे। हमें खाइयों को भरना, न कि उन्हें और चौड़ा करना चाहिए। हमें उन कृत्रिम चहारदीवारियों को तोड़ डालना चाहिए जो हमें अलग-अलग रखती हैं। जाति सामाजिक बुराई के रूप में मिट रही है किन्तु वह राजनीतिक बुराई, बल्कि प्रशासनिक बुराई, भी बनती जा रही है। राजनीतिक सत्ता अथवा प्रशासनिक प्रभुता हथियाने के लिए हम जातिगत निष्ठाओं का इस्तेमाल करते हैं।

हम जिस धर्म को मानते हैं, उसके नाम पर अस्पृश्यता एक बड़ा कलंक है। ईश्वर-शरीर, जो कि मानवता है, में कुछ भी अस्वच्छ या अस्पृश्य नहीं है। वेदान्त-देशिका कहती है :

> श्वपचोऽपि महीपाल, विष्णुभक्तो द्विजाधिकः।
> विष्णुभक्तिविहीनस्तु यतिश्च श्वपचाधमः॥

केवल चरित्र ही श्रेष्ठता का प्रमाण है। इसका कुछ महत्त्व नहीं कि तुम्हारे पालक—माता-पिता कौन हैं या तुम्हारी जाति क्या है। हमारी विशेषता हमारे ज्ञान और सत्कर्म में है, हमारे वर्ण (रंग), पन्थ, प्रजाति या वंश में नहीं। यदि हम पार्थक्य की भावना को अपने हृदयों से नहीं निकाल बाहर करते तो दूसरे देशों के प्रजातिगत पार्थक्य की निन्दा कैसे कर सकते हैं? यदि हम अपने लोगों के बीच समानता की स्थापना नहीं करते, तो दूसरों से समानता की मांग कैसे कर सकते हैं?

हमें जातिगत विषमताओं तथा अस्पृश्यता से मुक्त करने के लिए पुनः-पुनः महान आत्माओं का आगमन हुआ है किन्तु हम भूल जाते हैं कि वे क्या करना चाहते थे। हम सम्प्रदाय एवं जत्थे बनाते हैं और अपने को ऐसे बन्धनों में बांध लेते हैं जिनसे हमें मुक्त करने का प्रयत्न उन्होंने किया था।

हमारा संविधान जातिगत प्रतिबन्धों को नहीं मानता और अस्पृश्यता की

प्रथा उसकी दृष्टि में अपराध है। परन्तु वैधानिक प्रावधान ही पर्याप्त नहीं हैं। हमें विचार करने की अपनी आदतों और आचरण की प्रणालियों को बदलने के लिए प्रशिक्षित किया जाना चाहिए। यदि हमें अपने देशवासियों की विभिन्न श्रेणियों को सर्वनिष्ठ लक्ष्यवाले एक ही समाज में संग्रथित करना है तो अपेक्षा कृत दुर्बल कड़ियों को सुदृढ़ करना आवश्यक है।

गरीबी और आर्थिक पिछड़ापन किसी जाति, समाज, प्रजाति या धर्म का एकाधिकार नहीं है। हमारे समाज के सब वर्गों में गरीब लोग हैं। कुछ राज्य-सरकारें ऐसे सब छात्रों की सहायता का प्रबन्ध कर रही हैं जिनके प्रतिपालकों एवं संरक्षकों की आय 1200 वार्षिक से अधिक नहीं है। शिक्षा और आर्थिक अवसर महान वैषम्य-विनाशक या समस्तरकारी हैं। 14 वर्ष की आयु तक के सब शालेय छात्रों के लिए सार्वभौम, निःशुल्क एवं अनिवार्य शिक्षा और अपर्याप्त साधनोंवाले मेधावी छात्रों के लिए छात्रवृत्ति का प्रबन्ध हमारे समाज को संग्रथित करने में सहायक होगा।

हमारा लक्ष्य सामाजिक न्याय है। दुनिया में दूसरा ऐसा कोई देश नहीं है जहां आर्थिक विषगताएं इतनी विस्तृत हों और आर्थिक सुविधाएं इतनी कम हों, जितनी वे भारत में हैं। जब लक्ष-लक्ष जन गरीबी, रोग, निरक्षरता और असहायता की भावना से कष्ट भोग रहे हों, तब हम कैसे कह सकते हैं कि मानव-व्यक्ति बड़ा मूल्यवान है? वे इतने अधिक हैं; वे इतने कम की मांग करते हैं, किन्तु उतना थोड़ा भी नहीं पा सकते। हमारी पंचवर्षीय योजनाएं हमारे लोगों के जीवन-मान को ऊपर उठाने के प्रयत्न हैं।

प्रादेशिक असन्तुलन, जो राज्यों एवं केन्द्र के बीच संघर्ष पैदा करते हैं, दूर किया जाना चाहिए। तेज़ी के साथ उद्योगीकरण और सन्तुलित प्रादेशिक विकास इस संघर्ष को कम कर सकते हैं और राज्यों की अन्तनिर्भरता पर बल दे सकते हैं। देश के विभिन्न भागों में महत् उद्योगों का छितराव उचित दिशा में उठाए गए कदम हैं। कोई एक राज्य आर्थिक रूप से आत्मनिर्भर या अपने में पर्याप्त नहीं है। राष्ट्र को संयोजित एवं निर्देशित विकास के मार्ग पर बढ़ाना ही होगा। प्रादेशिक प्रतिद्वन्द्विताओं को राष्ट्रीय प्रगति में बाधा डालने का अवसर नहीं प्रदान किया जाना चाहिए। आर्थिक संग्रथन से राष्ट्रीय ऐक्य को दृढ़ता प्राप्त होगी।

हम अपने देश का निर्माण ईंट और गारे या हथौड़ी और छेनी से नहीं कर सकते। इसे हमारे देशवासियों के मस्तिष्क और हृदयों में चुपचाप विकसित होना होगा। स्कूलों-कालेजों में हमारे युवकों को इसका शिक्षण दिया जाना चाहिए; हमारे नेताओं द्वारा इसकी घोषणा और इसपर आचरण होना चाहिए और हमारे राष्ट्रीय जीवन की बुनावट में इसे ले आना चाहिए। शिक्षा केवल सूचनाओं का दान-मात्र नहीं है। वह मनोवेगों का प्रशिक्षण है। इससे हमको अनुभूति की प्रणाली और आचरण के अभ्यास की सीख मिलनी चाहिए। हमारी पाठ्य-पुस्तकों में इस बात पर ज़ोर दिया जाना चाहिए कि हमारी संस्कृति मोहनजोदड़ो और

हड़प्पा से लेकर आज तक किस प्रकार विकसित हुई है और कैसे इसने आत्मनवीनीकरण की शक्ति का प्रदर्शन किया है। बुरी पाठ्य-पुस्तकें तरुणों के मानस को विकृत करती हैं, उनकी रुचियों को भ्रष्ट करती हैं और उनके स्वभाव को अध:पतित करती हैं। उचित शिक्षा-प्रणाली हमारे देश की अनेकता को अभिप्राय एवं भावना की एकता प्रदान करेगी।

आकाशवाणी देश के सांस्कृतिक संग्रथन में महत्त्वपूर्ण योग दे रही है। भक्ति-संगीत में विभिन्न धर्मों एवं विभिन्न प्रदेशों के चुने हुए पद होते हैं। कलाएं मैत्री और समझदारी की भाषा बोलती हैं।

यह बड़े दुर्भाग्य का विषय है कि भाषा-समस्या ने बहुत कटुता और विवाद को जन्म दिया है। भाषाई राज्यों ने कोमल नहीं, भाषाई भेदों को और कठोर ही किया है। प्रादेशिक भाषा के सिवा दूसरी भाषाएं भी विभिन्न राज्यों में फूलती-फलती रही हैं। त्यागराज ने भक्ति के गीत तेलुगु में लिखे किन्तु वे विकसित हुए तमिलनाडु में। एक भाषाई क्षेत्र से दूसरे भाषाई क्षेत्रों में बराबर लोग जाकर बसते रहे हैं और इससे कोई दुर्भावना नहीं फैलती थी। हमारे समय तक भाषाई ईर्ष्या-द्वेष कभी विकसित नहीं हुए थे।

समस्या तक हमारी पहुंच का ढंग हवाई—अव्यावहारिक—नहीं होना चाहिए; वह उपयोगी और व्यावहारिक होना चाहिए। विधान कहता है कि हिन्दी भारत की राज्यभाषा है, क्योंकि उसे बहुत ज़्यादा लोग बोलते हैं; परन्तु स्वातंत्र्योत्तर युग में हिन्दी अन्तर्प्रान्तीय संचार की भाषा नहीं बनी। यह अदालतों और विश्वविद्यालयों में प्रयुक्त नहीं होती। राज्य विधानसभाओं, अदालतों तथा विश्वविद्यालयों में अपनी प्रादेशिक भाषाओं का प्रयोग करने को उत्सुक हैं।

श्री नेहरू ने कहा था कि जब तक आवश्यकता हो, अंग्रेजी का सह-राजभाषा के रूप में उपयोग जारी रहना चाहिए। हममें विदेशियों अथवा उनकी भाषाओं के प्रति विद्वेष-भाव नहीं था। ज्योतिष-विज्ञान यूनानियों द्वारा विकसित हुआ और हमने उनसे कुछ सीखा। गर्ग कहते हैं :

म्लेच्छा हियवनास्तेष सम्यक् शास्त्रमिदं स्थितम्।
ऋषिवत् तेऽपि पूज्यन्ते किं पुनर्दैवविद् द्विजः॥

"यवन अवश्य म्लेच्छ हैं, किन्तु उनका विज्ञान उनमें सम्यक् रूप से स्थित हो गया है। इसलिए वे भी ऋषि-समान पूज्य हैं।"

इस सिकुड़ते हुए संसार में, जहां अन्तर्राष्ट्रीय संस्थाएं अधिकाधिक अभिनय कर रही हैं, हमारे विश्वविद्यालयों के छात्रों के लिए अंग्रेज़ी में प्रशिक्षण आवश्यक है। विज्ञान एवं प्रौद्योगिकी में गम्भीर शिक्षण के प्रसार, जो हमारे विकास के लिए बहुत आवश्यक है, को सुरक्षित रखा जाना चाहिए और वर्तमान स्थिति में कोई भी भारतीय भाषा वैज्ञानिक, इंजीनियरिंग या प्रौद्योगिकीय पाठ्यक्रम के

लिए, शिक्षा के माध्यम के रूप में अंग्रेजी का स्थान लेने योग्य नहीं है, यद्यपि कालान्तर में स्थिति दूसरी ही हो सकती है। विश्व में छोटे देश हैं, आकार में या संख्या में छोटे—यद्यपि महत्त्व में छोटे नहीं, जैसे कनाडा, बेलजियम, फिनलैण्ड, स्विट्ज़रलैण्ड, यूगोस्लाविया, दक्षिण अफ्रीका, जहां दो या अधिक राज्य-भाषाएं हैं।

एक बहुभाषी, बहुधर्मी समाज में हमें सब भाषाओं का आदर करना चाहिए, जैसाकि हमसे सब धर्मों का सम्मान करने के लिए कहा जाता है। हमें अपनी भाषा के अतिरिक्त दूसरी भाषाओं के प्रति समझदारी और सहानुभूति का व्यवहार करना चाहिए।

जैसे हम केन्द्र में दो सरकारी भाषाओं के रखने का प्रस्ताव करते हैं, उसी तरह आवश्यक होने पर कुछ राज्यों में भी दो सरकारी भाषाएं हो सकती हैं। विधान की 347वीं धारा में किसी भी राज्य के निवासियों की एक श्रेणी द्वारा बोली जानेवाली भाषा के बारे में विशेष प्रावधान किया गया है :

"उनकी ओर से मांग होने पर, यदि राष्ट्रपति सन्तुष्ट हों कि किसी राज्य की आबादी का एक बड़ा भाग अपने द्वारा बोली जानेवाली किसी भाषा के प्रयोग और उसके राज्य द्वारा मान्यता दिए जाने की आकांक्षा रखता है, तो वह ऐसा आदेश देंगे कि वह भाषा भी सरकारी तौर पर राज्य-भर में या उसके किसी भाग में, जिस तात्पर्य के लिए वह निर्दिष्ट करेंगे, मान्य की जाए।"

जहां भी सम्भव हो, अखिल भारतीय सेवाओं की स्थापना की जानी चाहिए। केन्द्रीय लोक-सेवा-आयोग की परीक्षा के परिणामस्वरूप चुने गए उम्मीदवारों में लगभग 75 प्रतिशत उसी राज्य में रखे जाएं जिसके वे निवासी हों और शेष 25 प्रतिशत अन्य राज्यों में भेजे जाएं। जो अपने राज्य के बाहर नियुक्त किए जाएंगे, वे अपेक्षाकृत प्रादेशिक दबाव से मुक्त होंगे और राष्ट्रीय सामञ्जस्य की भावना बढ़ाएंगे।

यद्यपि नौकरियों के लिए उम्मीदवारों के चुनाव में कुशलता और योग्यता ही मुख्य विचारणीय तत्त्व होना चाहिए, फिर भी उम्मीदवारों का चुनाव सभी राज्यों एवं समाजों से होना चाहिए।

आज हम इतिहास के एक बड़े संक्रान्ति-युग में जी रहे हैं, जबकि मानवीय समाज का महत् पुनर्गठन हो रहा है और जो दीवारें मानवता को विच्छिन्न करती थीं, वे टूट रही हैं। हम एक नूतन जीवन-मार्ग के निर्माण का यत्न कर रहे हैं जो रंग, धर्म, प्रजाति या राष्ट्रीयता का विचार किए बिना, सभी मानवों के साथ मर्यादा एवं सम्मान से व्यवहार करेगा। एक नई दुनिया की स्थापना की समस्या शैक्षणिक समस्या है; यह एक धीमी प्रक्रिया है, फिर भी हमारे लक्ष्य के लिए वही एक प्रक्रिया है एक अभिक्रम है।

यदि हम इस महत् प्रयास में अपनी देन देना चाहते हैं तो हमें स्वय भी संयुक्त और सुदृढ़ होना होगा। केवल तभी हम समानता के स्तर पर दूसरी महाशक्तियों

का सामना कर सकेंगे।

भूगोल, इतिहास, एक सामान्य विरासत और आर्थिक लक्ष्य राष्ट्रीय ऐक्य एवं संग्रथन की भावना बढ़ाते हैं। हमारे देश की सुरक्षा न केवल हमारी औद्योगिक, कृषि-सम्बन्धी और वैज्ञानिक शक्ति पर, वरन् हमारे सामाजिक संग्रथन और ऐक्य पर भी निर्भर है। व्यापक, प्रसरणशील मनोभावी प्रेरणाओं और वृत्तियों के विकसित किए जाने की आवश्यकता है। हमारे मनों एवं हृदयों को नया रूप दिया जाना चाहिए। नूतन मार्गों एवं चिन्तना के प्रति मानव का बहुत बड़ा विरोध होता है। इसीलिए सभी संक्रमण दुःखान्त-क्षेत्रीय होते हैं। स्थिर समाज खतरनाक होता है। सच्ची आधुनिकता बुद्धि की स्वतन्त्रता है, अतीत की दासता नहीं। यदि हम सदा ही पीछे की ओर देखते रहेंगे तो आगे बढ़ नहीं सकते। इतिहास स्थिर नहीं है; काल एक महान प्रवर्तक है। जो सामाजिक बुराइयां हमारे जीवन को पंगु कर रही हैं, उनसे हमें लड़ना ही होगा। आदतें, विद्वेष, स्थापित स्वार्थों को तोड़ना होगा। महत् कार्य और क्षुद्र मन साथ नहीं चल सकते। हमें पैनी अन्तःप्रवेशी प्रज्ञाओं, सर्जनात्मक आदर्शों और प्रज्वलित अन्तःकरण की आवश्यकता है। इतिहास नेतृत्व, संयोग एवं परिस्थिति की अन्योन्य प्रतिक्रिया है। किसी राष्ट्र की वृद्धि के लिए लोगों में अतीत में मिल-जुलकर काम करने की बात का ज्ञान तथा भविष्य में साथ-साथ काम करने का संकल्प होना चाहिए। हमें इस बात का ज्ञान है कि अतीत काल में सहकारी प्रयत्न से हमने स्वतन्त्रता-प्राप्ति सहित बड़े-बड़े काम किए हैं। इसमें अपने देश के महत्तर भविष्य के लिए मिल-जुलकर काम करने का संकल्प भी है। आइए, हम साहस एवं विवेक, निष्ठा एवं प्रेम के साथ अपने को इस कार्य के लिए समर्पित करें।

9

लोकतन्त्र एक धर्म है

भारत ने 1947 में राजनीतिक स्वतन्त्रता प्राप्त की। स्वच्छ, शालीन ढंग पर देश का शासन करने की तुलना में वह एक सरल कार्य था। यह कहीं विशाल कार्य दिखाई पड़ता है। इसके लिए हमें आत्मत्यागी नेतृत्व और ईमानदार तथा कुशल नागरिक सेवा की आवश्यकता है। हमें अनुशासित सेवा तथा पुलिस दल की आवश्यकता है। हमें विशेषज्ञ औद्योगिक प्रबन्धकों, कुशल श्रमिकों और बढ़िया कृषि-ज्ञान रखनेवाले किसानों की आवश्यकता है। हमारे सामान्य नागरिकों में नागरिक वृत्ति एवं राष्ट्रीय भावना होनी चाहिए। ये सब बातें एक दिन में नहीं हो जातीं। अपनी शक्ति-भर जो कुछ कर रहे हैं, वह यह है कि निर्दोष प्रशासन, स्थिर शासन, और एक स्वस्थ राष्ट्र का विकास करने की ओर हमने कुछ कदम उठाए हैं। हम यह नहीं कह सकते कि हमने जो कुछ किया है, उससे हम सन्तुष्ट हैं। हमारे देश के विभिन्न भागों में ऐसी बातें हो रही हैं जो हमें दुखी, निराश और अपने प्रति लज्जित करने वाली हैं। जो बात ज़रूरी है, वह देशभक्ति की शक्तिमती भावना है। यह सत्य है कि जब हम देश को विदेशी शासन से मुक्त करने के लिए लड़ रहे थे तब हमने एक नकारात्मक देशभक्ति का विकास किया था। किन्तु सकारात्मक देशभक्ति, एक ऊर्जस्वी भ्रातृत्व-भावना, इस महान देश का होने की भावना और उसका होने का अभिमान, ये बातें अभी आने को हैं। हमें इनको मनुष्यों के मस्तिष्कों एवं हृदयों में निर्मित करना होगा। बीच-बीच में अधोगतियों एवं अन्ध गलियों में गिरने के बावजूद लगभग चालीस या पचास शतियों तक यह देश जिन महती परम्पराओं के लिए खड़ा रहा है, उन्हें अपने अन्दर विकसित करने की आवश्यकता है।

हमारी आकांक्षा अपने समाज में लोकतन्त्रात्मक व्यवस्था कायम करने की है। लोकसत्ता के विभिन्न पहलू होते हैं। यह राजनीतिक व्यवस्था है; यह एक आर्थिक रास्ता है; यह जीवन की एक नैतिक प्रणाली है।

जहां तक राजनीतिक व्यवस्था का प्रश्न है, हमने वयस्क मताधिकार को ग्रहण किया है। प्रत्येक व्यक्ति को, जो एक विशेष आयु का हो, फिर उसकी शैक्षणिक योग्यताएं, सुविधाएं, सम्पत्ति कुछ भी क्यों न हों, मताधिकार प्राप्त है। एक आदमी, एक वोट (मत); इस प्रकार हम सब मानवीय प्राणियों की समानत पर बल देते हैं। यह सिद्धान्त हमारी विरासत का एक अंश है। प्रत्येक व्यक्ति परमात्मा की एक चिनगारी है : देहो देवालयो नाम। यह देह भगवान का मन्दिर है। हमने इसपर ज़ोर तो दिया किन्तु इसपर बराबर अमल नहीं किया। यदि हमपर आक्रमण हुए और हमने बड़ी कठिनाइयां भोगीं तो इसका कारण यही था कि यह धार्मिक प्रतिस्थापना, जिसके प्रति हम निष्ठा व्यक्त करते हैं, हमारे देश-

वासियों के हृदयों में प्रवेश नहीं कर पाई। आज राजनीतिक लोकतन्त्र वर्ग, प्रजाति एवं धर्म के भेदभाव को लांघ जाता है। ये भेद चाहे जो हों, ये मनुष्य के रूप में मनुष्य की पवित्रता और मर्यादा के लिए अप्रासंगिक हैं। हमें मानवीय व्यक्ति का सम्मान उसके मानवीय स्वभाव तथा उसकी सम्भावनाओं के लिए करना चाहिए। प्रत्येक मानव-प्राणी सर्वोच्च जीवन के लिए शक्तिमान उम्मीद-वार है।

इससे यह निष्कर्ष निकलता है कि हमें सब व्यक्तियों को पूर्ण, स्वतन्त्र एवं समृद्ध जीवन जीने का अवसर देना चाहिए। प्रत्येक व्यक्ति के अन्दर जो कोष छिपा पड़ा है, उसे बिना तोड़े ऊपर लाने में हमें सहायता करनी चाहिए। इसके लिए कतिपय निम्नतम सांस्कृतिक एवं आर्थिक परिस्थितियां पैदा की जानी चाहिए। इसीलिए तो हमारे विधान में सार्वदेशिक शिक्षा का लक्ष्य रखा गया है। हम प्रायः समाज के समाजवादी ढांचे की बात करते हैं। इसका अभिप्राय व्यक्ति का व्यूह-बन्धन नहीं है। मानवीय उत्थान के नाटक में मुख्य अभिनेता प्रतिभावान व्यक्ति ही होते हैं। हमें विज्ञान एवं प्रौद्योगिकी के आक्रमणों तथा जीवन के यन्त्रीकरण द्वारा मानवीय प्राणियों के व्यक्तित्व को कुचले जाने या कम किए जाने का भी मौका नहीं देना चाहिए।

समाजवाद का अर्थ सभी व्यक्तियों की योग्यताओं का समानीकरण नहीं है। ऐसा होना असम्भव है। सब आदमी समान नहीं होते। समाजवाद का अर्थ केवल सबके लिए समान अवसर या सुविधाएं देना है। हम यह नहीं कहते कि सब आदमी समान हैं किन्तु हम यह कहते हैं कि जो भी सम्भावनाएं उनमें हैं उनको व्यक्त करने के लिए सब आदमियों को समान अवसर दिया जाना चाहिए। जब हम कहते हैं कि सब मनुष्यों को भोजन, वस्त्र एवं आश्रय (निवास) की सुविधा मिलनी चाहिए, तब हम लोकतान्त्रिक आदर्श के आर्थिक पक्ष पर ज़ोर देते हैं। हम सम्पत्ति एवं गरीबी के बीच के अन्तर को कम करना और सामान्य मानव के जीवन-मान को उठाना चाहते हैं। जब तक हमारे देश में ऐसे लोग हैं जो दिन में एक बार भी भरपेट भोजन नहीं पाते, जिनके सिर पर कोई छत या छाया नहीं है, जो हमारे नगरों की पटरियों पर सोते हैं, तब तक हमारे सामने एक चुनौती है। कोई भी मनुष्य, जो अपने देश के प्रति भावना रखता है, तब तक सुखी या सन्तुष्ट नहीं हो सकता जब तक वह इस भयानक दुर्दशा और गरीबी को देख रहा है। ये बातें हम सबके लिए चुनौती हैं। यदि अपने देश को प्रजासत्ताक कहना है तो हमें उनका प्रतिरोध करना होगा और उन्हें खतम करना होगा।

अब भी लोकतन्त्र एक आदर्श ही बना हुआ है। हम उसमें कुछ सामाजिक और आर्थिक सामग्री डालने की चेष्टा कर रहे हैं, और जिसे समाज का समाज-वादी ढांचा कहा जाता है वह हमारे सब अधिवासियों को शरीर एवं आत्मा की रक्षा करने योग्य आलम्ब देने के निरन्तर प्रयत्न के सिवा और कुछ नहीं है। यह है लोकतन्त्र को आर्थिक पक्ष।

आर्थिक लोकतन्त्र की उपलब्धि के लिए हमें अपनी राष्ट्रीय सम्पत्ति, अपनी कृषि-सम्बन्धी उपज और औद्योगिक उत्पादन बढ़ाना चाहिए। पंचवर्षीय योजनाएं इन्हीं लक्ष्यों की प्राप्ति के लिए हैं। हमारे देहात बहुत उपेक्षित रहे हैं और इन्हें विकसित करने की आवश्यकता है। सामूहिक विकास-कार्यक्रम ग्राम्य पुनर्रचना के उद्देश्य को लेकर ही चल रहे हैं। दुर्भाग्यवश हम अपने देशवासियों में उत्साह तथा उमंग भरने में समर्थ नहीं हुए हैं। प्रशासन-यन्त्र भारी-भरकम हैं और इन योजनाओं में हमारे देशवासियों के भाग लेने को प्रोत्साहित किया जाना चाहिए।

इससे भी अधिक मौलिक बात है—नैतिक पकड़, नैतिक वृत्ति। लोकतन्त्र एक धर्म है। लोकतन्त्र हमारी समस्याओं के समाधान में हमसे समझाने-बुझाने, संयम और सहमति के तरीके अपनाने के लिए कहता है। क्या हमने इस सिद्धान्त का, कि 'स्वतन्त्रता का अर्थ संयम है', निहितार्थ समझ लिया है? जहां भी झगड़े होते हैं, हम सीधी कार्रवाई, सीधी लड़ाई का तरीका ग्रहण करते हैं। हम क्रोध से भर जाते हैं; हममें हिंसा है। हम दुर्भावनाओं को, क्रोध को प्रकट करते हैं और मानव-प्राणियों की तरह आचरण नहीं करते। जब हम लोकतन्त्र के नैतिक पक्ष पर ज़ोर देते हैं, तब हमारा अर्थ यही होता है कि प्रत्येक मानव-प्राणी में विवेक का अंश है और हमारे लिए यह सम्भव है कि उसी विवेक की 'अपील' करें—प्रेरित करें। हमें यह विश्वास तो रखना ही होगा कि हम सदा ही ठीक नहीं हो सकते; कभी हमारे विरोधी भी सही हो सकते हैं। हममें यह विश्वास करने की नम्रता होनी चाहिए कि हमारे विरोधियों में भी कुछ गुण हो सकते हैं। यही विनम्रता की भावना, यही संयम की भावना लोकतन्त्र हमपर लागू करता है। हमारा कर्तव्य है कि हम उनकी बात समझें और उनके साथ उचित समझौता करें। असहमति विवेक नहीं है; विरोध विद्रोह नहीं है। हमें अपनी समस्याएं विवेक के साथ, बिना कटुता के हल करने की चेष्टा करनी चाहिए। लोकतन्त्र तथा हिंसक कार्रवाई एक-दूसरे के प्रतिकूल हैं। जब भी हममें संघर्ष होता है, झगड़ा होता है, तब हम भूल जाते हैं कि हमारे शत्रु भी उसी रक्त-मांस के बने हैं, उनमें भी वही प्रेरणाएं एवं वासनाएं हैं; वही आशाएं एवं उच्चाकांक्षाएं हैं। वे मानवता की किसी दूसरी जाति के नहीं हैं।

यह बड़ा दुर्भाग्य है कि न केवल इस देश में बल्कि और भी बहुतेरे देशों में सभ्य मूल्यों के विनाश की अपेक्षा निजी अप्रतिष्ठा को बड़ा खतरा समझा जाता है। ऐसे कितने ही आदमी हैं जो उस समय, जब मानवता का जीवन संकट में होता है, अपनी मर्यादा, अपने सम्मान और किसी तरह की अपनी इज़्ज़त के लिए तन जाते हैं। जब हम देखते हैं कि हम मानवता के भविष्य को प्रभावित करने वाली विशाल समस्याओं के आमने-सामने खड़े हैं, तब हमारे लिए इतना जानना-समझना ज़रूरी है कि काल सबसे बड़ा व्याधिहर्त्ता है। मानवीय प्रकृति में लोच की, लचीलेपन की असाधारण शक्ति होती है। सामाजिक एवं राजनीतिक संस्थाएं भी परिवर्तन के उन्हीं नियमों से प्रभावित होती हैं जिनसे दुनिया की और

सब चीज़ें होती हैं। यदि हमें मानवीय स्वभाव की लोच में, समय की व्याधि शमनकारी शक्ति में, सामाजिक एवं राजनीतिक संस्थाओं की परिवर्तनीयता में, और सबके ऊपर सर्वसाधारण की सदिच्छा में विश्वास हो तो जो समस्याएं आज हमको इतनी भयावह रीति से विभाजित कर रही हैं, वे ही कुछ समय बाद विशुद्ध सैद्धान्तिक या शास्त्रीय प्रतीत होने लगेंगी।

इसके पहले कि हम दुनिया से शान्तिपूर्ण सह-अस्तित्व में जीने को कहें, हमें अपने देश की समस्याएं, उसी भावना से हल करनी चाहिए। आचरण उपदेश से ज़्यादा अच्छा होता है। वैसा ही करने की चेष्टा हमें करनी चाहिए। बहुत-सी समस्याएं समाधान के लिए हमारा मुंह देख रही हैं—भाषाई झगड़े, प्रान्तीय ईर्ष्याएं, घरेलू लड़ाइयां। इन्होंने हमारे स्थायित्व को, हमारी स्थिरता को सदियों से झकझोर रखा है। लगता है, हमने अपने अतीत इतिहास से कुछ भी नहीं सीखा है। इतिहास ने हमें केवल इतनी शिक्षा दी है कि हम इतिहास से कुछ भी नहीं सीखते। अपनी असंगतियों के कारण, अपने विग्रहों एवं ईर्ष्याओं के कारण, पड़ोसियों से अपने झगड़े के कारण, बार-बार हमने अपनी स्वाधीनता खोई है। लगता है, हम फिर विच्छिन्न होकर गिर रहे हैं।

क्या हम फिर उन्हीं विच्छेदकारिणी प्रवृत्तियों के शिकार होते हैं? क्या हम बड़े-बड़े सवालों को, जो हमारे आगे हैं, हल करने के लिए ज्यादा विवेक-सम्मत उपायों का सहारा नहीं लेंगे? बहुत समय से हमारे देश में यह कहा जा रहा है कि हिमालय के दक्षिण और सागर के उत्तर का सारा विस्तृत भूखण्ड भारत है—तद्वर्षं भारतं नाम, भारती यत्र सन्ततिः। वह देश भारत कहा जाता है और वे सब लोग, जो इस भौगोलिक क्षेत्र में रहते हैं, फिर चाहे उनकी जाति, पन्थ, प्रजाति, धर्म कुछ भी हों, इस देश के नागरिक हैं। हमारा राष्ट्र एक है और अखण्डनीय है—यही हमें सिखाया गया है। इसीलिए अपने गौरव के दिनों में हम विभिन्न धर्मों के बीच सहिष्णुता और समझदारी से काम ले सके थे। यदि आज हम उन शिक्षाओं को भूल जाते हैं और अपनी वर्गीय निष्ठाओं को बढ़ाते-चढ़ाते हैं तो निश्चय ही भविष्य अन्धकारमय है।

लोकतन्त्र एक राजनीतिक व्यवस्था है, जो लोगों को समान मानती है। यह एक आर्थिक मार्ग है जो इस देश और इस दुनिया के सर्वसामान्य लोगों की आर्थिक दशा को ऊपर उठाने की मांग हमसे करती है। यह जीवन की नैतिक प्रणाली है, जिसमें दूसरे लोगों के प्रति मित्रवत् व्यवहार करने की आशा हमसे की जाती है—फिर भले इस समय वे लोग हमारे शत्रु ही क्यों न हों। पराजित शत्रु शत्रु बना रहता है और बदला लेने के लिए अवसर की प्रतीक्षा में रहता है। परन्तु एक कृत-सन्धि विरोधी मित्र बन जाता है। घृणा सबसे बड़ा खतरा है। यह हमारा सबसे बड़ा शत्रु है। हमारा सारा रुख सुलह-समझौते का होना चाहिए। अपने देश को सच्चा लोकतन्त्र बनाने के लिए कठोर कार्य-कुशलता और संघटन की आवश्यकता है। जब एक अमरीकी को मिडिल वेस्ट में एक सुन्दर फार्म दिखाया गया तो वह

बोला, “देखो, यदि ईश्वर और मनुष्य सहयोग करें तो कितना महान कार्य हो सकता है।”

फार्म के मालिक ने कहा, “आप तब फार्म को देखते, जब वह केवल ईश्वर द्वारा चलाया जा रहा था।” ईश्वर हमसे सच्चाई के साथ कठोर काम की आशा करता है। वह उन्हींकी सहायता करता है, जो अपनी सहायता स्वयं करते हैं।

10

एक विभाजित उत्तराधिकार

इधर के वर्षों में विज्ञान और प्रौद्योगिकी में बड़ी प्रगति हुई है और विश्व के ऐक्य में, संयुक्तीकरण में बराबर वृद्धि होती गई है। राजनीतिक एवं आर्थिक कलागत तथा बौद्धिक विचार सारे संसार में फैल रहे हैं। इस पृथ्वी पर अपना घर ठीक करने के पहिले हम अन्तर्ग्रहीय अन्तरिक्ष को विजय करने लगे हैं।

दुर्भाग्यवश, युद्ध की विभीषिकाएं बढ़ गई हैं और जिन निर्दयता की संस्कारिताओं का प्रयोग मानव-प्राणियों पर होने लगा है—जैसे बन्दी-शिविर, सामूहिक निर्वासन, गैस चेम्बर, अणुबम—उनका वर्णन करना कठिन है। फिर अतीतकाल में हम एक ऐसी दुनिया में रहते थे जिसमें सभ्यता एक-दूसरे से दूर लगती थी। आज, हम सब घनिष्ठ पड़ोसी हैं। इन तीव्र परिवर्तनों के होने से, रेडक्रास समितियों की कर्तव्य-सीमा केवल युद्ध की भीषणताओं को कम करने तक सीमित नहीं रह गई है; अब तो उन्हें स्वयं युद्ध का ही निराकरण करने का प्रयत्न करना है—युद्ध को, जो इस युग में मानवता के विरुद्ध एक अपराध है।

अपने तेरहवें शिलालेख में अशोक कहता है कि उसने कलिंग देश को (266 ईसा पूर्व) विजय किया था जिसमें 'डेढ़ लाख आदमी बन्दी बनाए गए थे, एक लाख वध किए गए थे और उसके कई गुना मर गए थे।' उसे पश्चात्ताप हुआ कि यह विजय कोई विजय नहीं है; अविजितं हि विजितं मन्ये। 'उस युद्ध में, जिसके कलिंग पर अधिकार हुआ, जितने प्राणी मारे गए या मर गए या बन्दी बनाए गए, उसके सौवें या हज़ारवें भाग के विनाश को भी सम्राट् शोचनीय मानता है।' वह घोषित करता है कि वह दण्ड पर क्षमा को वरेण्यता देता है। एकमात्र विजय धर्म द्वारा विजय ही है : तम् एव च विजयं मन्यन्तां यो धर्मविजयः। यद्यपि अशोक ने यह भर्त्सना शिलाओं पर खुदवा दी थी किन्तु हमने उसपर गम्भीरतापूर्वक ध्यान नहीं दिया है। हमारी स्वतन्त्रता के प्रथम वर्ष में ही मनुष्य की मनुष्य के प्रति अमानवता खूनी दंगों के रूप में प्रकट आज भी हम उन संस्थाओं और प्रथाओं को पुनीत मानते जा रहे हैं जो सामाजिक न्याय के नाम पर सामाजिक अन्याय का रक्षण-पोषण कर रही हैं। हमारे आचरण हमारे वचनों से बहुत दूर हैं।

हम सैनिक मार्ग के छोर पर पहुंच गए हैं परन्तु, मुझे आशा है, मानवीय विवेक की सीमाओं तक नहीं पहुंचे हैं। शान्ति की रक्षा केवल एक वाञ्छनीय आदर्श ही नहीं है; यह तीव्र आवश्यकता बन गई है। विश्व के सभी राष्ट्रों ने शान्ति के प्रति निष्ठा की शपथ ली है किन्तु वे उन शर्तों की पूर्ति के लिए काम करने को तैयार नहीं। हम तो एक ऐसे विश्व-कल्याण राज्य का निर्माण करना चाहते हैं, जहां वैयक्तिक स्वतन्त्रता एवं सामाजिक न्याय सुरक्षित रहेंगे और जहां

अन्याय, प्रजातीय भेदभाव और औपनिवेशिक प्रभुत्व का नाम नहीं होगा। हम शान्ति का लक्ष्य धमकी देकर, सौदा करके और डरा-धमकाकर नहीं प्राप्त कर सकते।

आज दुर्भाग्यवश विश्व जिन दो जत्थों में बंट गया है वे ऐसी सामाजिक एवं राजनीतिक व्यवस्था का निर्माण करना चाहते हैं जो प्रभुतासम्पन्न राष्ट्रों के भी परे हो। दोनों इस बात पर सहमत हैं कि नूतन विश्व में अपवर्जक या सर्वनिष्ठा-सम्पन्न राष्ट्रधर्म अव्यावहारिक है। किन्तु दोनों ने जो प्रणालियां अपनाई हैं उनके बीच का द्वन्द्व निश्चित रूप से हिंसापूर्ण, कालिमायुक्त और विनाशात्मक है। वे एक-दूसरे से परेशान मालूम पड़ते हैं और प्रत्येक सोचता है कि दूसरा उसे बलात् उखाड़ फेंकने का प्रयत्न कर रहा है। हमारे सामने दो विकल्प हैं : (1) संघर्ष या भिड़न्त, जो मानव-जाति के लिए आत्मघातक हो सकता है, या (2) मेलजोल और समझौता, जो हमारे भविष्य की आशा है। हम दूसरे के लिए प्रतिज्ञाबद्ध हैं।

आधुनिक मनोरोग-विज्ञान बताता है कि जो लोग मूर्खतापूर्वक या दुष्टता-पूर्वक व्यवहार करते हैं उनपर क्रोधातुर होने में कोई लाभ नहीं है। उनपर क्षोभ करने के स्थान पर हमें उनके आचरण के कारणों का अध्ययन करना चाहिए। सम्भवतः हमारे लिए शीत-युद्ध में भी ऐसा ही व्यवहार करना विवेकयुक्त होगा। निर्दयता को दूर करने के लिए भी निर्दय उपाय आवश्यक नहीं हैं।

पहिला पग तो हमें यह उठाना चाहिए कि हम अपने शत्रुओं को अपने समान ऐसे लोगों के रूप में देखें जो शान्त, सम्मानपूर्ण जीवन बिताने के लिए उत्सुक हैं। प्लेटो विदेशियों के बसाने या प्राकृतीकरण के विरुद्ध था और चाहता था कि प्रत्येक विदेशी धर्म और प्रथा राष्ट्रमण्डल के बाहर ही रक्खी जाए। यह दृष्टिकोण यूरोपीय विचारधारा पर सदियों तक छाया रहा। प्लेटो जो चाहता था, उसकी पूर्ति करने में इतिहास असफल रहा है। जिहाद की यह भावना कि चाहे कुछ भी मूल्य देना पड़े या चाहे जो भी परिणाम हों, हमें अपनी जीवन-प्रणाली का प्रसार करना ही चाहिए, हमारी विशेष सहायता नहीं करती। अतीत में जब प्रत्येक भागीदार अपने इस विश्वास में दृढ़ और सच्चा होता था कि अन्तिम सत्य उसीके पास है और यदि लोग उससे भिन्न मत रखते हैं, तो यह दुःशीलता के, बुरे धर्म के कारण है, झगड़े हिंसा में बदल जाते थे। ऐसी वृत्ति के कारण ही सत्य के नाम पर सम्पीड़न शुरू हुआ। यूनानी और बर्बर, यहूदी और जेण्टाइल (प्रतिमा-पूजक), ग्रीक और ईसाई, ईसाई और मुसलमान, कैथोलिक और प्रोटेस्टेण्ट, मित्र-राष्ट्र एवं ध्रुवीय शक्तियां (जापान, इटली और जर्मनी)—सभी अपने जीवन-मार्ग के अच्युत होने के नाम पर, एक-दूसरे से लड़ी हैं। नाटक चलता रहता है; केवल अभिनेता बदल जाते हैं। आज साम्यवादियों और साम्यवाद-विरोधियों के बीच संघर्ष है। इतिहास ने प्रदर्शित कर दिया है कि यूनानी और बर्बर, यहूदी और जेण्टाइल, ईसाई और पैगन (काफिर), ईसाई और मुसलमान, प्रोटेस्टेण्ट और

कैथोलिकों ने एक-दूसरे को प्रभावित किया है, एक-दूसरे को मदद दी है और संसार को समृद्ध किया है। काल का लट्टू (आवर्तन) अपने आश्चर्य भी लाता है। मित्र एवं धुरी-राष्ट्र, जो कुछ साल पहले इतनी भीषणता के साथ एक-दूसरे से लड़े, आज बड़े मित्र हैं। साम्यवादी और गैर-साम्यवादी विरोधी शक्तियों के लिए यह आवश्यक नहीं है कि शान्तचित्त होने और एक-दूसरे को समझने के पहिले खून में नहाएं। इतिहास प्रदर्शित करता है कि काल अनेक दूषणों को ठीक कर देता है और ऐसा मेल-जोल ला देता है जो पहिले असम्भव लगता था। काल की व्याधिहारिणी शक्ति, मानव-प्रकृति का लचीलापन और सामाजिक तथा राजनीतिक संस्थाओं की परिवर्तनशीलता वर्तमान संघर्षों को दूर करने में हमारी सहायता कर सकती है, पर यह तभी सम्भव है जब हम सिद्धान्त और आचरण में निरंकुशता को दूर रखें और सहिष्णु तथा लम्बे समय तक कष्ट-सहन का साहस अपने में पैदा करें।

अब भी हम मनुष्य के इतिहास के प्रभात के प्रारम्भिक काल में हैं। उस (मनुष्य) का सभ्य जीवन कठिनाई से दस हज़ार वर्ष पुराना है और इस कालावधि में भी अनेक साम्राज्य और सभ्यताएं उदित और लुप्त हो गई हैं और हमें यह नहीं सोचना चाहिए कि हमारी सभ्यता मानवीय प्रज्ञा की अन्तिम अभिव्यक्ति है। यदि हम विश्व के नैतिक शासन में विश्वास रखते हैं, तो यह सभ्यता जीवित रहेगी, परन्तु तभी, जब वह प्रेम और भ्रातृत्व के सिद्धान्तों का पालन करे। यदि वह उनका पालन नहीं करती है तो नष्ट हो जाएगी। जब दारूबन्दी समिति (प्राहिबिशन कमेटी) के एक सदस्य ने अपने अखबार में मद्य-सम्बन्धी विज्ञापन छापा तो गांधीजी ने पूछा—"आप यह क्या कर रहे हैं?" उसने उत्तर दिया—"मुझे जीना भी है।" गांधीजी ने उत्तर दिया—"मैं इसकी तो कोई आवश्यकता नहीं देखता।" इतने पर भी किसी सभ्यता का जीवित रहना अनिवार्य नहीं है। मानव-जाति के सदस्यों की हैसियत से हमारा एक सर्वनिष्ठ उद्गम है और सर्वनिष्ठ ही लक्ष्य भी है। प्रत्येक राष्ट्र विश्व का है। गांधीजी ने कहा था—"इसलिए राष्ट्रवाद के लिए मेरा प्रेम अथवा राष्ट्रवाद की मेरी धारणा यह है कि मेरा देश स्वतन्त्र हो किन्तु यदि आवश्यकता पड़े तो मानवता के जीती रहने के लिए सारा देश मर जाए।" क्रास भौतिक वेदना और मृत्यु तथा आध्यात्मिक विजय का प्रतीक है। 'जो अपना जीवन खो देगा वही उसे पाएगा।' शारीरिक या भौतिक जीवन जीने के लिए हमें अपने आध्यात्मिक आदर्शों का विनिमय नहीं करना चाहिए। कोटि-कोटि निर्दोष मानवों में मृत्यु एवं रोग का प्रसार करने की अपेक्षा मर जाना कहीं अधिक भव्य कार्य होगा। किन्तु इसके विपरीत हम महत् धर्मों की शिक्षाओं को, जो हमसे अपने शत्रुओं के लिए क्षमादान, प्रेम और प्रार्थना की आशा करती हैं, ग्रहण कर लें तो हम एक ज़्यादा अच्छे विश्व की नींव डालने में समर्थ होंगे।

शान्ति की स्थापना केवल बौद्धिक उपलब्धि नहीं है; यह नैतिक एवं

आध्यात्मिक है। वर्तमान समय में हमारे सामने, एक ओर रेडक्रास का कार्य है और दूसरी ओर आणविक परीक्षण हैं। हम अपने देशवासियों को प्रेम-अहिंसा का सन्देश देते हैं और उसी समय ऐसे भीषण औज़ार तैयार कर रहे होते हैं, जो मृत्यु और विनाश ले आते हैं। हम लोगों को विभाजित उत्तराधिकार प्रदान करते हैं। हम युद्ध जारी कर सकते हैं। क्या हम शान्ति भी स्थापित कर सकते हैं? हां, यदि हम अपने हृदयों के विभाजन पर नियन्त्रण स्थापित कर लें। हम भ्रमित मनों, अशान्त हृदयों और रुग्ण आत्माओं के कारण कष्ट भोगते हैं। जब तक हम इस बन्धन से, इस भ्रष्टता से, हमारी आत्मा के इस विभाजन से मुक्त नहीं हो जाते, हमें कराहना और तड़पना पड़ेगा।

प्रथम विश्व-युद्ध के समय जब चर्च के नेतागण तरुणों को सेना में प्रवेश करने के लिए समझा रहे थे, ट्रिनिटी कालेज, कैम्ब्रिज के प्रोफेसर और आंग्ल दार्शनिकों में श्रेष्ठ जी० ई० मूर ने सुझाव दिया कि 'ट्रिनिटी में गिरजाघर की प्रार्थनाएं बन्द कर दी जाएं, क्योंकि 'अपने शत्रुओं को प्यार करो' वाला सिद्धान्त विध्वंसकारी है।' प्लेटो के क्रीटो के अनुसार सुकरात कहता है : "हमें अन्याय हर्गिज़ नहीं करना चाहिए, न किसीके साथ हमें बुराई ही करनी चाहिए, भले ही उसकी बुराई के कारण हम पीड़ित हुए हों।" हिन्दू एवं बौद्ध, यहूदी और ज़रथुस्त्री, ईसाई और मुसलमान, अपने सर्वोत्तम रूप में, करुणा की शिक्षा देते हैं और यह शिक्षा हमारी उस समाज-व्यवस्था के विरुद्ध है, जिसका विश्वास है कि राष्ट्रीय सुरक्षा के लिए सैन्यबल का विपुल संग्रह किया जाना चाहिए। इस दुनिया में जो कुछ होता है वह हमारी आत्माओं में जो कुछ होता है, उसका प्रतिबिम्ब है। हममें से प्रत्येक के लिए दो सम्भावनाएं हैं—एक कल्याण की, शुभ की; दूसरी बुराई की, अशुभ की। हमें रचनात्मक पक्ष का विकास करना चाहिए। मनुष्य का जन्म इसलिए नहीं हुआ कि अपना, और दूसरों का विनाश करे। जीवन की रक्षा करना उसे विनष्ट करने से अधिक रोमांचकारी है। शताब्दियों से ऋषिगण हमसे प्रेम करने की आवश्यकता के विषय में कहते रहे हैं। प्रेम आत्मा का स्वास्थ्य है, उसका सौंदर्य और ऐश्वर्य है। घृणा आत्मा की व्याधि, उसकी विकृति तथा दुर्बलता है। हम घृणा और ईर्ष्या के बिना, झूठी अभिलाषाओं के बिना, उच्च दबावपूर्ण प्रतियोगिताओं के बिना और सत्ता के प्रलोभनों का दास बने बिना जी सकते हैं। इसके लिए एक नूतन जीवन-प्रणाली की आवश्यकता है—प्रणाली, जो विश्व की जातियों को मिलाएगी, विभाजित नहीं करेगी। सभी देशों में ऐसे स्त्री-पुरुष हैं, जो उच्च अभिप्राय के इस दुस्साहसिक प्रयास में भाग लेने के लिए तैयार हैं।

वर्तमान समय मानव-जाति के इतिहास में निर्णायक महत्त्व का है। हम एक नूतन युग के आरम्भ में हैं। निराशा की आवश्यकता नहीं है। यह आशा और कठिन कार्य का समय है। हममें से प्रत्येक को देखना चाहिए कि उसका प्रभाव भले के लिए पड़ता है। यह तभी सम्भव है, जब हम अपनी पुनर्रचना करें। हमने पंचशील के विषय में बहुत कुछ सुना है। मूल पंचशील आत्म-परिष्कार एवं

आत्म-परिवर्तन का उल्लेख करता है :

1. पहला है अहिंसा अथवा जीवन के प्रति श्रद्धा और साथी मानवों के प्रति सम्मान। हमें जान-बूझकर शोक और वेदना नहीं लादनी चाहिए। हमें अनावश्यक रूप से किसी जीवित प्राणी के प्राण नहीं लेने चाहिए।

2. दूसरा है अलोभ। हमें दूसरों की सम्पत्ति के प्रति लोभी नहीं होना चाहिए। हमें सत्ता के प्रेम की ओर नहीं आकर्षित होना चाहिए। इंजील-लेखक हमें बताता है कि किस प्रकार शैतान उसे एक बहुत ही ऊंचे पर्वत-शृंग पर ले जाता है और विश्व के सभी राज्य दिखाता तथा उनकी समृद्धि और महिमा पर प्रकाश डालता है। इसके बाद उससे कहता है: "ये सब वस्तुएं मैं तुझे दूंगा, यदि तू झुककर मेरी पूजा करेगा।" तब जीसस उससे कहता है: "यहां से भाग जाओ शैतान! क्योंकि हमारे यहां लिखा है—'तू अपने ईश्वर प्रभु की उपासना करेगा और केवल उसीकी सेवा करेगा।"[1]

3. तीसरा ब्रह्मचर्य या आत्म-नियन्त्रण है। हम दूसरों पर तब तक शासन नहीं कर सकते, जब तक हम अपने पर शासन करना न सीख लें। ब्रह्मचर्य सन्तुलित दृष्टि प्राप्त करना है। इस संकट-जाल में एक खतरा है—न जाने क्या हो, इसके वातोन्मादक भय से आच्छादित हो जाना, उसकी पकड़ में आ जाना। पुरातन सम्मति है : "देख, कि तू परेशान न हो, अनावश्यक रूप से उत्तेजित न हो।" हमें शान्ति का उपार्जन करने को कहा जाता है—सौम्य, शान्त और सन्तुलित मानस वाले मानव की शान्ति।

4. चौथा है—सत्य वचन। हमें सत्ताधारियों को खुश करने के लिए भी सत्य से नहीं हटना चाहिए। हमें भय-रहित होकर, द्वेषहीन होकर सत्य बोलना चाहिए और उन लोगों के सामने भी कहना चाहिए जो उसे सुनना नहीं चाहते। यदि हमारी सरकार कुछ गलती करती है, तो हमें उसे अस्वीकार करने को तैयार रहना चाहिए। विज्ञान सत्य का अनासक्त अन्वेषण है। दुर्भाग्य की बात है कि विज्ञान का अन्वेषण, आज जिस दुनिया में हम रहते हैं, उसके ढांचे के विषय में ज़्यादा जानने की आकांक्षा का परिणाम नहीं है बल्कि इस भय की उपज है कि अन्य देश हमसे आगे बढ़ जाएंगे। वैज्ञानिक आविष्कारों को सैनिक महत्त्व की सामग्री के रूप में देखा जाता है और विश्व-व्यापकता की वैज्ञानिक परम्परा राष्ट्रीय सुरक्षा के हित के नीचे डाल दी जाती है। थूसीडाइड्स के अनुसार, पेरीक्लीज ने मृत्यु-समय की वक्तृता में कहा था : "हम अपना नगर संसार के लिए खोलते हैं, और किसी विदेशी कार्य के कारण विदेशियों को शिक्षण एवं निरीक्षण की सुविधा से वंचित नहीं किया जाएगा : यद्यपि हमारे नागरिकों की स्वदेशी-भावना की अपेक्षा हमारी प्रणाली एवं नीति में कम विश्वास होने के कारण किसी शत्रु की आंखें हमारी उदारता से जब-तब लाभान्वित होती रहेंगी।" इसी प्राण-भावना से एक

1. मैथ्यू : 4, 8-10। ल्यूक : 4, 5-8।

महान अमरीकी राष्ट्रपति ने घोषित किया था कि तब तक भूल का दलन करने की आवश्यकता नहीं है जब तक सत्य उसका प्रतिरोध करने के लिए स्वतन्त्र है।

5. अन्तिम है : सुरा-पान-निषेध। इस सलाह में मतवादों और सिद्धान्तों से, जो भीषण विष हैं, मुक्ति की बात भी निहित है। वे हमारे मानस को शृंखलाबद्ध करते हैं और हमें अस्वस्थ तथा असन्तुलित कर देते हैं। जैसे हम बच्चों को अफीम और मद्यसार नहीं देते, उसी प्रकार हमें तरुणों को पक्षपातपूर्ण, संकीर्ण और प्रान्तीय पन्थों में शिक्षित नहीं करना चाहिए।

ये पंच सिद्धान्त हममें विवेक, विनम्रता और आत्मोत्सर्ग की भावना विकसित करने के उद्देश्य से रखे गए हैं। जीवन आशीर्वाद बनेगा या अभिशाप? वह क्या बनेगा, यह हमपर निर्भर करता है।

11

सह-अस्तित्व

भारत एक भौगोलिक अभिव्यक्ति उतनी अधिक नहीं है जितनी कि वह मन की एक वृत्ति, एक दिशामान, एक विशिष्ट दृष्टिकोण है। लन्दन विश्वविद्यालय के प्रोफेसर चाइल्ड ने प्राचीन भारत के विषय में लिखते हुए कहा है कि 3250 ईसापूर्व में भारत ने एक ऐसी विशिष्ट सभ्यता, जीवन की ऐसी निश्चित बुनावट के साथ मिस्र, बैबिलोन का सामना किया था, जो आज तक जीवित है। उन्होंने कहा कि यही आधुनिक भारतीय सभ्यता का आधार है। आधुनिक यूनान प्राचीन यूनान से भिन्न है, आधुनिक मिस्र प्राचीन मिस्र से भिन्न है, किन्तु आधुनिक भारत, जहां तक दृष्टिकोण का सम्बन्ध है, मूल रूप से प्राचीन भारत से भिन्न नहीं है।

मोहनजोदड़ो और हड़प्पा की खुदाइयों से जो अवशेष मिले हैं, उनमें शिव के आदि रूप की एक प्रतिमा है, जो कमलासन पर, आंखें बन्द किए, ध्यान की मुद्रा में बैठी हुई है और उसके चतुर्दिक प्राणिज सृष्टि है। इसमें आपको वह आधार-भूत दृष्टिकोण मिलता है जिसने देश के आध्यात्मिक भूदृश्य को आच्छन्न कर रक्खा है। आरम्भ से ही यह बात अनुभव की गई है कि जो ध्यान-शक्ति से अपनी वासनाओं एवं मनोवेगों पर प्रभुत्व स्थापित कर लेता है, वह उस आदमी से बड़ा है जो संसार के युद्धों में विजय प्राप्त करने में समर्थ होता है। दूसरे शब्दों में, आत्म-विजय देशों पर विजय प्राप्त करने से अधिक महत्त्वपूर्ण है। हमारा विश्वास है कि सबसे बड़े विजयी वे हैं, जो शारीरिक बल का उपयोग किए बिना ही अपने शत्रुओं को वशीभूत कर लेते हैं।

प्राचीन काल से अपने समय तक हमें ध्यानमग्न की यह प्रतिमा बराबर मिलती है। आप इसे उपनिषद् में पाएंगे; आप इसे बुद्ध में पाएंगे। बुद्ध की प्रतिमाएं हमें इस बात का संकेत करती हैं कि वह किस प्रकार दुर्भावना और धर्मान्धता पर विजय प्राप्त कर सके थे। प्रत्येक पीढ़ी और देश के प्रत्येक भाग ने ऐसे व्यक्ति पैदा किए हैं, जिनमें इस आदर्श ने अवतार लिया था।

हमारे लिए धर्म साम्प्रदायिक अनुरूपता या रीतिगत पवित्रता उतना नहीं है, जितना वह हमारे स्वभाव का पुनर्परिवर्तन, हमारे व्यक्तित्व का निखार है : जो हम हैं उससे कुछ और बनना है। यह जगत् के अन्तिम रहस्य में भाग लेना है।

जब हम धर्म को इस प्रकार के दृष्टिकोण से मिला देते हैं तो पान्थिक प्रति-द्वन्द्विताएं और मतवादी संघर्ष हमारे लिए असम्बद्ध हो जाते हैं। तब से आज तक उस धार्मिक लक्ष्य की सिद्धि के लिए विभिन्न मार्ग स्वीकार किए गए हैं जो हमारी वास्तविक प्रकृति की पूर्ति या निष्पत्ति है। इसलिए एक शान्तिपूर्ण, सक्रिय, परस्पर-शिक्षाप्रद सहअस्तित्व तो हमारे साथ युगों से लगा रहा है। जब

यह कहा जाता है कि भारत एक धर्मनिरपेक्ष राज्य है, तब इसका अर्थ यह नहीं होता कि भारत भौतिक युद्धों और विलासिताओं की पूजा करता है या यह कि वह इस बात को मानने से इन्कार करता है कि जो नियम अवकाश एवं काल के भौतिक जगत् को शासित करते हैं, उनसे कहीं ऊंचे विश्व-नियम भी हैं। इसका इतना ही अर्थ होता है कि वह किसी विशिष्ट धर्म के नाम पर नहीं बोलता वरन् सब धर्मों के साथ निष्पक्ष व्यवहार करता है तथा यह विश्व के धर्मों के सक्रिय सह-अस्तित्व के दर्शन को ग्रहण करता है। धर्मनिरपेक्ष राज्य का यही अर्थ है।

जब तक हम साम्प्रदायिक सिद्धान्तों को, सत्य के अन्तिम वक्तव्य नहीं, परमात्मा की उपलब्धि के मार्ग के रूप में स्वीकार करेंगे, तब तक कोई संघर्ष, झगड़ा या विवाद नहीं होगा। धार्मिक युद्ध तब खड़े होते हैं, जब हम मतग्राहिता की प्रशंसा करते और उसे अच्युत बताने लगते हैं। आर्य और द्रविड़, हिन्दू और बौद्ध जितनी भी प्रजातियां हमारे देश में आई हैं, वे सब सापेक्षिक दृष्टि से कहें तो, एक सामूहिक ऐक्य में संग्रथित होती गई हैं।

और भी दृष्टिकोण हैं, जो हम तक चले आए हैं। यदि हम पश्चिम की ओर रुख करते हैं तो हमें यूनानी और बर्बर के बीच का वह भेद दिखाई पड़ता है जिससे यूरोपीय इतिहास का आरम्भ हुआ। वस्तुस्थिति यह थी कि यूनान ने बहुत कुछ मिस्र, बैबिलोन एवं ईरान के बर्बर देशों से लिया। यदि हम एक कदम और आगे बढ़ें तो देखेंगे कि जस्टीनियन ने यह सोचकर एथेंस के विद्यालयों को बन्द कर दिया था कि यूनान और गैलिली एकसाथ नहीं जी सकते; किन्तु हम जानते हैं कि यूनान ने ख्रीष्टीय धर्म के इतिहास में प्रवेश पाया है। आगस्टाइन प्लेटो (अफलातून) और प्लाटिनस से परिपूर्ण है; एक्विनास अरस्तू से भरा हुआ है। फिर जब हम क्रूसेड्स (ख्रीष्टीय जिहादी युद्ध) तक पहुंचते हैं तो हमें यह या वह दर्शन मिलता है; या तो क्रास (ख्रीष्टीय धर्मचिह्न) या क्रीसेण्ट या बालेन्दु (इस्लाम का धर्मचिह्न)। हमने आविष्कार किया है कि क्रास या क्रूस और क्रीसेण्ट एक-दूसरे को शिक्षा देते हुए साथ-साथ रह सकते हैं। आधुनिक यूरोपीय रिनेसां उस प्रकाश—ज्ञान—का फल है जो महत् यूनानी ग्रन्थों के अरब अनुवादकों द्वारा यूरोप पहुंचा और इन एवरोज़ तथा एबिसेन्ना नामक धर्मशास्त्रियों की ख्रीष्टीय चिन्तन के विकास में बड़ी देन है। हमने कैथोलिक और प्रोटेस्टेण्ट सम्प्रदायों में शताब्दियों तक संघर्ष चलते देखे। फिर कभी एक, कभी दूसरा विचार बना रहा। हम अब देखते हैं कि कैथोलिक और प्रोटेस्टेण्ट साथ साथ रह सकते हैं; एक-दूसरे के सहायक हो सकते हैं और एक-दूसरे को शिक्षा दे सकते हैं। आज दो समूहों में, दो दलों में संघर्ष है परन्तु अब हम सक्रिय सह-अस्तित्व की नीति अपनाने की सोच रहे हैं। जब इस या उस—यह रहे या वह रहे—की परम्परा ने संसार में लड़ाई-झगड़ों को जन्म दिया है तब यह और वह की परम्परा संसार के राष्ट्रों के ज़ख्मों को भरने का काम करेगी। 'यह या। वह' की परम्परा साम्प्रदायिक अपवर्जकता की स्वीकृति के फलकस्वरूप निकली है—इस गर्व से

कि यह सत्य तक पहुंच गए हैं और हमने उसे पा लिया है तथा हमारे लिए यह ज़रूरी है कि जिन्होंने उस सत्य को नहीं पाया है, उनके बीच के अन्धकार को दूर करें।

इस और उस का दर्शन कहता है कि किसी भी देश या जाति में ईश्वर ने अपने को, साक्ष्य के बिना नहीं रहने दिया है। वे सब ईश्वर के प्रेम की क्रियाशीलता के साक्ष्य के साथ खड़े होंगे। ऐसी कोई जाति नहीं है, जो इस जगत् में अनाथ या निरवलम्ब छोड़ दी गई हो। कुरान कहता है : 'हर जाति में हमने उन्हें ईश्वरोपासना सिखाने के लिए एक सन्देशवाहक भेजा है।' इसलिए यदि हम परमात्मा की सर्वव्यापकता की नीति को अपनाते हैं तो उससे सक्रिय सह-अस्तित्व का तत्त्वज्ञान अपने-आप निकल आता है।

आज हम इस अथवा उस की नीति के अविवेक का अनुभव कर रहे हैं। कभी ऐसा समय था कि हम अपने विचारों को सैनिक उपायों से सफल कर लेते थे। वे दिन समाप्त हो गए हैं। आज हवाई बमबारी सैनिक और असैनिक में कोई भेद नहीं करती। एक ताप-नाभिकीय (आणविक) बमबारी राष्ट्रों के बीच कोई भेदभाव नहीं करेगी। इसलिए हम ऐसी अवस्था में आ पहुंचे हैं कि हमारे लिए एक बटन दबाकर सम्पूर्ण महाद्वीप को विनष्ट कर देना सम्भव हो गया है। इन विनाशक अस्त्रों के विकास का नेतृत्व जीतने का प्रयत्न करके हम अपने विचारों की कोई सहायता न कर पाएंगे। हमने इसे खूब समझ लिया है कि हमें साथ जीना या साथ मरना है। और यदि हमें साथ-साथ जीना है तो हममें दूसरों के विचारों के प्रति सहिष्णुता होनी चाहिए : धार्मिक सहिष्णुता, सैद्धान्तिक सहिष्णुता। ये चीज़ें आत्म-रक्षण के लिए अनिवार्य हो उठी हैं। क्षमा ही अपने सर्वोच्च शक्ति-रूप में प्रेम है।

इसलिए यदि हम सक्रिय सह-अस्तित्व के तत्त्वज्ञान को अपनाना चाहते हैं तो हमें अपनी यह आधारभूत वृत्ति, कि केवल हमीं प्रकाश के अधिपति हैं और दूसरे अन्धकार में भटक रहे हैं, त्यागनी होगी। भारत ने सह-अस्तित्व की इस नीति के कारण कष्ट झेला है किन्तु उसकी परवाह नहीं करनी होगी।

ख्रीष्टीय धर्म का महान प्रतीक क्रूस (क्रास) है जिसपर ईसा ने आध्यात्मिक विजय के लिए भौतिक पराजय भोगी। यदि हम अनुभव करते हैं कि हम ठीक रास्ते पर हैं तो हमारे लिए यह वृत्ति धारण करना आवश्यक है कि हम सफलता की आशा से नहीं, बल्कि इसलिए वैसा कर रहे हैं कि वही ठीक है।

मुझे इसमें सन्देह नहीं है कि जिस तत्त्वज्ञान—दर्शन—का इस देश पर प्रभुत्व है, वह ऐसा दर्शन है जो उन्मूलन अथवा पार्थक्य या आत्मसाक्षात्करण में से किसी एक में विश्वास नहीं करता, किन्तु वह प्रजातिगत सामंजस्य में विश्वास रखता है और यदि प्रजातिगत सामंजस्य की प्रतिनिष्ठा करनी है तो जीवन के सम्बन्ध में हमारा दृष्टिकोण दूसरा होना चाहिए। हमें प्रत्येक व्यक्ति का सम्मान करना चाहिए। सम्भव है, वह उतना बड़ा न हो जितने हम हैं; हो सकता है कि

उसके पास बौद्धिक उपलब्धियां या शैक्षणिक प्रतिभा या विशाल अनुभव न हो, जो हममें से कुछ रखने का दावा करते हैं, किन्तु इसका यह अर्थ तो नहीं है कि सामान्य जनता की अकल्पित सम्भावनाओं एवं सामर्थ्यों की पूरी खोज की जा चुकी है। ऐसा बहुत कुछ है जो हमारे लिए अज्ञात है और आगे बाहर आ सकता है।

मैं आशा करता हूं कि भारत ऐसे दर्शन को अंगीकार करेगा, जो कहता है : 'परमात्मा पूर्णतम ऊंचाई तक विकसित करने में हर एक की सहायता कर रहा है और यह हमारा कर्तव्य है कि हम ऐसा वातावरण और परिस्थितियां तैयार कर दें कि प्रत्येक व्यक्ति को अधिकतम ऊंचाई तक उगने में सहायता मिले।' सब मिलाकर संसार सह-अस्तित्व के दर्शन की मांग कर रहा है—सह-अस्तित्व, जो केवल निष्क्रिय, निरपेक्ष अस्तित्व न हो वरन् सक्रिय, पारस्परिक, शिक्षाप्रद, सह-अस्तित्व हो।

राजनीतिक समस्याओं के सैनिक समाधान किसी भी काम के नहीं हैं—निरर्थक हैं। अन्त में वे पीछे कटुता ही छोड़ जाएंगे। राजनीतिक समस्याओं के लिए राजनीतिक समाधान ही ढूंढ़ने होंगे, और मैं आशा करता हूं कि जो इस देश में सत्ताधारी हैं, वे प्रजातिगत सामंजस्य के लिए काम करेंगे।

●●●